时　　光　　蓦　　然　　老　　了

老　成　一　缕　过　眼　云　烟

麻纸的光阴

杨晋林 著

图书在版编目（CIP）数据

麻纸的光阴 / 杨晋林著. — 石家庄：花山文艺出版社，2019.8（2023.9重印）
ISBN 978-7-5511-4750-7

Ⅰ．①麻… Ⅱ．①杨… Ⅲ．①散文集－中国－当代 Ⅳ．①I267

中国版本图书馆CIP数据核字（2019）第125163号

书　　名：*麻纸的光阴*
著　　者：杨晋林

责任编辑：刘燕军
责任校对：李　伟
封面设计：候　建
美术编辑：胡彤亮
版式设计：刘昌凤
出版发行：花山文艺出版社（邮政编码：050061）
（河北省石家庄市友谊北大街330号）
销售热线：0311-88643299/96/17/34
印　　刷：涿州汇美亿浓印刷有限公司
经　　销：新华书店
开　　本：880毫米×1230毫米　1/32
印　　张：7.25
字　　数：140千字
版　　次：2019年9月第1版
　　　　　2023年9月第2次印刷
书　　号：ISBN 978-7-5511-4750-7
定　　价：59.80元

（版权所有　翻印必究·印装有误　负责调换）

- 引 -

曾经

有一个愿望

想用

自己拙劣的一支秃笔

记录

那些被炊烟带走的农事

以及

农事背后的牛犁

比方

田间的苞谷

屋檐下的麻雀

残缺的一页麻纸

甚至

母亲那只久已废弃的风箱抽拉出的喘息

只是

记忆里的乡村呼啸而过有如一阵长风

我抓不住它

却被它撞出去很远

当我爬起来时

温暖的阳光好好地抚弄我的脸

我的周身

麻纸的光阴

还有
我孤寂的灵魂
而那一阵长风呢
…………
后来
我是在一座座废墟或积满尘垢的遗痕上
捡拾到一些疑似时光撒落的琐屑
我把它们一样一样收集起来
穿成珠帘
悬挂在我家的窑洞前

目录

001　北路梆子
012　与孙犁为邻
024　我的五点三十分
032　我比颜回晚白头
040　土豆的花事
050　木板桥
058　落枣花
064　麻纸的光阴
072　蕴藉典范的河流
088　右玉二题

麻纸的光阴

111 　潞城铜匠
127 　东冶怀旧
136 　青铜横山
142 　月饼的家园
160 　崞阳漫兴
168 　因缘邂逅圆照寺
178 　春来山脚看杏花
184 　拜谒音乐之神
205 　在那高高的山岗上
214 　陪父亲走完最后一程
223 　后记

北路梆子

郭沫若看过北路梆子后忍不住击节赞道:"听罢南梆又北梆,激昂慷慨不寻常。"

其实,声腔艺术的最高境界,不是高山流水,巧遇知音,而是发轫于天籁,还原于自然。而我很难从现实的流行音乐里捕捉到北路梆子丝丝入扣的唱腔和剥啄悠扬的慢板了。也许是对时尚的不适应吧,虽然我一直生活在北路梆子的发祥地,生活在这片广袤而坡岭沟坎层出不穷的黄土地上,这里依然是北方仲夏的田园,依然是北方充满山曲野调的青纱帐,然而曾经散发泥土清香,俚音十足的梆子腔却如同家门口那条滹沱河一样,几近断流。

我的北路梆子啊!

应该说,那是一条禁锢在我心湖里蔚为壮观的声乐之河。多年来,我在每一个寂寞的晨昏都要打开缄锁心湖的直棂窗,任那

麻纸的光阴

浩荡的声之水、乐之波、韵之涛、律之浪拍窗而入，浸沐我的全身。我会在北路梆子激昂的旋律里迎来日出，或送走日落。

可能是一幅厚实的大幕里泻出动听的梆胡的委婉，可能是老槐树下兀自妙曼起的一串高玉贵式的清唱，可能是木制的老式戏台上浓缩了的一段水步过场。极简约的形式却奔腾出一片音乐的潮水，肆意挥洒在上一辈人驻足过的土地上。侧耳聆听那一阕清爽的须生花腔吧，它正要穿透山间的明月、林中的艳阳，如同大江的碧波向每一扇关闭的心窗滂沱涌来。我的那些淳朴善良的先人们，无不在这亢奋的声浪里把粗糙的日子过滤出细腻的遐想，尽管那时候的生活只是一碗缺盐少醋的莜面饸饹，尽管唱戏的青衣要为果腹饱肚而吼破天……挺括的蟒袍，横陈的玉带只代表精神境界的最高庙堂。从前的"狮子黑""金兰红""九岁红""云遮月"把这一出融汇古今人物的"上路戏"倾注进音乐的浪涛里。

很显然，北方的风花雪月里从来都不欠缺丰润的色彩和明快的动感。仿佛一层由远及近的细浪凝重推来，其源头既非江河，也非高山，而是农民脚下的一方泥土，鲜活得好似四弦弹出的一片跳跃的音符，华丽得好似美人婆娑的裙幅，激越得好似黄河之水天上来……有时，一阵有板有眼的流水过后，宛如几个慈祥的

北路梆子

老者袖着两手静坐在背风的门洞里悠然笑谈年景,于是那一汪音乐的江水越流越长,越流越有了韵感,越有了厚重和沧桑,有了超乎想象的跌宕和迟缓;有时,那音乐之水如一束巨浪扶摇而起,触到了天之眉骨,其状"若垂天之云",竭尽狂飙的奔腾激越之势。戛然间,河水退去,声浪顿消,大幕徐徐落下。

通常,在葱绿的黄土高原,一个其貌不扬的后生也许会突然吼出一声"秋去冬来梅花放,阵阵春意透寒窗"的慢板高腔;一个坐在廊檐下择豆角的女人也许会轻哼上几句"我要上一两星星二两月,三两清风四两云,五两火苗六两气,七两黑烟八两琴音"的流水板。在这里,你越来越接近了北路梆子的故里,一脚不慎可能就踩出一声嗨嗨腔。

老辈人说,上路戏生在蒲州,长在忻州,红火在东西两口,老死在宁武朔州……

在宁武朔州的沟沟汊汊里,你忽然听到一串流利的滚白、一串高亢的花腔是不足为怪的。

但是,"三顾园"散了,"五梨园"倒了,"成福班"也关门大吉了,北路梆子慢慢地消失在绵绵的山梁后面了,而许多北路梆子的票友却没有任何的思想准备,就像青梅竹马耳鬓厮磨的

麻纸的光阴

邻家小妹突然坐上了别人的花轿……

我的北路梆子啊,那是我心中永恒的圣音啊!我一直认为北路梆子是中国戏曲领域最具活力的典范,甚至敢断言除了北路梆子,其他任一个戏种都难以承载它的浑厚和酣畅。比方旋律散漫、濒于说笑的二人转,多少沾染了白山黑水的滑稽和调侃;比方八百里秦川上粗犷豪放的秦腔,十三门角色轮番登场,热热闹闹诉说的不过是一段渭水河畔的岁月艰难……仅此而已。也许,最具活力的中国戏曲不单是国粹京剧,也不单是迤逦温婉的昆曲,也应该有黄河流域酣唱了几百年的北路梆子的一席之地,甚至它的母本晋南蒲剧都不能望其项背。

在中国的北方,在黄河与长城拱臂包举的苍茫空间,它是一股湍急的大江之水!在它落入黄土地的一瞬间,已注定它的命运将与这块土地同生死共枯荣。在它肆意流淌的地方,冲刷出一片片碧绿鲜红的青纱帐;在它袅袅走过的地方,会有一乘泥红的小轿流水一样飘出朱漆大门,然后一个身穿彩衣彩裤的女子,轻烟一样尾随在轿后,摇曳出婀娜的一溜水步;接着是一串欢快的板鼓,一串清脆的倒板,风摆柳样旋出如水的圆场。

弦起琴落,岁月又婉转吟唱了几十年。

北路梆子

很久了,那一汪音韵醇厚的浪花,恣意飞扬在黄河与长城交织的山形地貌间,溅湿了黄土地厚厚的一本史籍。或许是从元曲的曲库里汲取了丰厚营养;或许是从宋词的婉约里嫁接了淳美意象;或许是从盛唐奢靡的歌舞里遴选了朝衣出水的媚艳;或许是从秦汉野蛮的祸乱里效仿了快刀快枪的铿锵;或许什么都不是,它就是从田园牧歌里抄录了几段音律和仕与女的嬉笑与缱绻……

马锣、梆胡、战鼓;花腔、介板、倒板……

这是北路梆子抑扬顿挫的魂魄呀,这是北方人民耳熟能详的一阕天籁。

也许北路梆子只适宜生长在北方。这北路梆子恣意流觞的北方啊!

百年以前,或者更远的时候,苦难的北方就把它捧上戏楼,那些被称作舞亭、舞楼、乐楼的古戏台上经常上演着秦香莲、秦雪梅、穆桂英式的悲情故事,这样的故事与野地里凄凉的二人台、孤单的爬山调共同滋润着乡民们缺油少盐的生活。

当年的古戏台上梆腔激越,弦歌嘹亮,古戏台下千人瞩目,万头攒动,那是怎样的动人心魄、荡气回肠啊。我不知道那些台上唱戏的艺人,那些台下看戏的观者,各怀怎样的一种心情,但

麻纸的光阴

我知道他们是用心来唱、用心来听的。

北方的梆子戏就是这样深入人心。

我父亲说，他还是青春年少的时候，是村里出了名的戏迷，经常跟着戏班走村串寨，日本人打进忻口关那一年，他熟知的几个戏班却都消失了，就连县城里颇有名气的万庆园也挂起"经营不当，欠薪歇业"的牌子，十六红、小电灯、高玉贵、二虎旦、赛八百、贺三黑等人各奔东西。父亲就像断奶的孩子一样，成天魂不守舍。不久，从崞县传来消息，那个与九岁红同台献艺的十三旦，在老家被人枪杀了，少年气盛的父亲直奔东山，他要为死去的十三旦报仇。路上恰逢几辆给游击队送军粮的马车，赶马车的汉子忽然吼起了《翠屏山》，他唱的是《杨雄醉归》一段，穿云裂石，字正腔圆。父亲禁不住叫一声好，赶车的汉子笑道，你小小年纪也懂戏？父亲说，听戏还分年龄？那人听罢哈哈大笑。父亲怎么也没想到哈哈大笑的不是别人，正是他久慕其名、访而未得的九岁红高玉贵……

一定是保德州的山药蛋颐养着胡子生厚实宽广的音腔；一定是神池县的胡麻油滋润着青衣正旦如莺百啭的歌喉；一定是五台山醇厚的佛音教化了小丑的插科打诨；一定是雁门关乖戾的风声

北路梆子

激荡着大花脸的长拳短打……以至于连年战争也未曾将北路梆子的艺术消弭。1946年，定襄城一解放，赶马车的高玉贵就四处奔走，收拢回诸多歇演的艺人，在旧县衙前的老戏台上为家乡父老排演一出《逼上梁山》，玉梅红演林冲，青衣焦能通演林娘子，他自己反串白脸高俅。

在定襄，说起九岁红高玉贵来，上了年纪的人都能回忆起当年那一场戏。劫后余生的乡亲们，听说高玉贵要搭台唱戏，都携着板凳静坐在三间门脸的戏台下，单等那开场锣咂咂噔噔地敲起来，人们的脸上重新焕发出对生活的热爱和希冀。那一天，台上唱戏的使出浑身解数，台下听戏的禁不住喝彩连天，台上台下你唱我和，戏子们的一招一式，观众都能道出子丑寅卯来……老人们说，那场戏唱得真是好，可惜就唱了一天。戏班是被卷土回来的晋绥军冲散的，城里城外枪声大作，逃难的人群里，北路梆子四大坤角儿之一的玉梅红孔丽贞不幸被一颗流弹击中……

北路梆子啊，你尽可以忘记那些万人空巷带给你的激情和欢愉，唯独不可以忘记你一路走来的坎坎坷坷，还有血，还有泪。

"山乡庙会流水板整天不息，村镇戏场梆子腔至晚犹敲"——这是写在古戏台上的楹联。北路梆子的戏班从来都是一股活水，

麻纸的光阴

流到哪里算哪里,四海为家。早年间续西峰在崞县西社村成立了两个戏班,一个叫大班子,一个叫二班子。他选的角儿也非同凡响,十六红、十八红、八百黑、九百黑、滚地雷、养元旦、白菊花……能唱能打也能逗乐台下的老百姓,他们除了给西社人唱,还要收拾起锣鼓家伙远赴宁武、大同,搅和得关里关外风生水起。

我的北路梆子啊,你是一片烟波浩渺、孕育横澜的湖泊吧?在你微波不兴的湖底下,有暗流鼓荡;你是萦绕在田埂上的一曲天籁吧?一边是庄稼地,一边还是庄稼地。唱戏的不拘是敷彩画面的戏子,也不拘是荷锄执担的农民,那一嗓子透彻云霓的高腔下是东家葫芦西家瓢的五味杂陈,乡村的日子可以不富贵不荣耀,却不可以没有抑扬顿挫的上路戏。《王宝钏》《血手印》《李三娘》《访白袍》……一幕幕古色古香的戏文是乡村永难背离的生活况味。梆子一击,锣鼓一敲,嘈杂喧闹的戏场立刻鸦雀无声。青衣上场,须生下场,老旦登台,花旦下台,流水一样来去,喜为前人喜,忧为前人忧,唱戏的不觉得怎样辛苦,看戏的反哭成一片笑作一团了。听戏的慢慢地听了进去,兀自觉得自己变成穿戏装的古人,以为是怀才不遇的相公呢,以为是抛绣球的公主呢,以为是《十五贯》里的娄阿鼠呢……然后,乡村的天空也古旧的,

北路梆子

如铜镜里的模样。

  北路梆子啊，从你诞生的第一天起，你就打好了油彩，戴好了髯口，在弦胡笙管乱弹的声浪里粉墨登场了。手擎金瓜，背倚罗伞，滴溜溜一个筋斗云落在台上。仙袂飞扬起唐室的朝衣艳舞，箭板敲击出万马驰骋的大场面，昂扬挺拔的彩腔，清晰稳健的道白，出神入化的水袖，炉火纯青的做派，不正像滹沱河涣涣的河水有时泛滥，有时温婉吗？于是，婉转的旋律，高亢的嗓音充斥了我们生活的每一寸空隙，包括吃饭和睡眠，包括我们生命的始与终。

  多少年来"金水桥"下喧哗的护城河一再漂洗着闵子骞的"芦花"寒衣；"五雷阵"的清脆铜音也总能惊扰了埋头算粮的王宝钏。原本就是北方农家炕头茶余饭后的一种享受；原本就是辛酸岁月混沌人生的一种额外补偿。无论夹生野草的青石台阶，无论黄泥滑溜的田间小径，无论麦场，无论井台，眼瞅着七品县令变成断案包公，摇旗的卒子，打扇的宫女，咿呀啼哭的秦香莲，吹须瞪眼的太师爷，都闹嚷嚷顺了百年老墙的裂缝，飘逸到今天的水泥阳台上，时光蓦然老了，老成一缕过眼云烟……

  当年看戏的小子摇身一变成了听戏的老翁，老翁含混不清地说他再也看不到北路梆子了，只能抱着戏匣子听。老翁说，如今

麻纸的光阴

什么都好,唯独不该把北路梆子给唱没了。这样的话是有道理的,老翁说他年轻时候唱戏的名角儿可真多啊——金兰红、云遮月、水上漂、小电灯,还有后来的二梅兰、狮子黑、白菊仙、筱金凤……可惜一个一个都走了,改行的改行,老掉的老掉,也有实在唱不下去的,再入戏的戏子也不可能永远生活在台上,台下的忧患远比戏台上丰富得多。对于北路梆子的生存,年轻一点的戏子最有发言权,只是他们大都改唱流行歌曲了,也有夹杂在响器班子里跟人跑事宴的,喜宴上唱《算粮登殿》,丧宴上唱《三上轿》……唱着唱着有人就提议说来一段《天路》吧,来一段《青藏高原》吧。

…………

我父亲今年八十有五,他念念不忘的还是当年那个赶马车唱《翠屏山》的高玉贵。父亲说他曾唱着高玉贵的《访白袍》肩挑一根扁担奔赴解放太原的最前线,尽管很快就被一颗流弹打残了左腿,但他依旧在家乡的土地上"嗨嗨"了几十年的慢板花腔,那是一个忠贞不渝的票友剥去戏衣后的精彩清唱啊!我深情地回味这一段父辈们传承北路梆子的坎坷岁月。

北路梆子啊,在我一如白纸的心页上落满你大段大段的滚白,还有你曲折的弯调,流利的夹板。但北方的黄土地上毕竟生疏了

北路梆子

你浑厚如黄河一样放纵的声涛乐浪,那一群骨骼粗大的庄稼汉们再也吼不出属于高粱地的纯正的嗨嗨腔。小电灯的光彩黯淡了,九岁红的绕梁之音间断了,宫莺百啭罗袖曼舞的金兰红也老死在了宁武朔州……

  在送走小电灯、九岁红、金兰红之后的日子里,酣畅淋漓的北路梆子似乎成了绝响,但我相信,总有那么一天,这块民族声乐的璞玉会重放光彩,无论经歌喧嚣的台怀佛地,还是旧貌换新颜的雁门故关,一定会重新唱起响遏云天的北路梆子,并且经久不息……

与孙犁为邻

不知是看了水中蒹葭,还是长河落日,庆幸我不停迁徙的祖先最终选择滹沱河畔筑庐为舍,并把栖居地固定在这条浑浊不堪而又盛名卓著的河流上游,成为我永恒的籍贯。由是,我能够与下游的孙犁为邻。

——题记

孙犁一再说他的故乡安平县的孙遥城村就在滹沱河南岸,我的故乡定襄城也在滹沱河南岸,相隔千里,我却知道城北这一股活水终究要出现在孙犁的视线里。假使我早生一个世纪,被我放逐在浊流之上那盏纸糊的河灯必定要经过孙振海(孙犁原名)的家门口,纸船明烛照天烧,我营造的属于滹沱河的风俗景致也一样收入少年孙树勋(孙犁学名)眼底,我们临水而观,沿河为邻。

与孙犁为邻

一

与孙犁为邻,使我诚惶诚恐。一袭布衣的孙犁不允许我称呼他大师,只准我喊先生,是那种不为五斗米折腰的陶潜一样的先生。于是我知道,先生是那样儒雅肃敬,不求闻达,先生人格的光芒和磊落风骨是我今生无法企及的标尺。在对先生充满虔诚的敬畏之中,我忽然读懂了孔夫子的千古教诲——"与善人居,如入芝兰之室,久而不闻其香,即与之化矣"。

应该说是先生影响我沿着滹沱河被时光锈蚀的大堤逆流而上,从道光时期"司马第"内走出的徐继畬那里修习怎样另眼看世界;从民国初年永安村的少年徐向前那里捕捉运筹帷幄的先知先觉;从独立岸边,恣情讴歌滹沱河的大个子牛汉那里汲取作为诗人的非凡气质……因为我对文学的挚爱,所以会更加频繁地越过太行山,去造访抗战前夕的孙遥城村,在滹沱河的呜咽声里与一介书生的孙犁抵掌而谈,耳濡目染先生通灵的文笔和清朗隽永的精神素养。

有一段时间,我觉得我貌似先生了,走有先生的走相,坐有先生的坐相,捉笔在手,泼墨抒怀意象中的风花雪月,就连骂人都不带一句脏字,有人甚至开始尊我为师了,但是先生告诉

麻纸的光阴

我——大道低回,大味必淡!我顿时矮了一大截,猥琐成先生笔下的一只叫作"椿象"的带有黑白斑点的小甲虫,没人能理解我当时的感受,假如地面有一条缝儿,我一定会顾头不顾尾钻进去的。庄周说过"朝菌不知晦朔,蟪蛄不知春秋",我与朝菌和蟪蛄何其相似?

从那一刻起,我突然明白先生落在纸面上的闲适自得与大智慧,先生刻在骨子里的平和质朴与高洁傲岸是我等今生仿都仿不来的,并不是因为比邻而居就能潜移默化。当然,我能够明辨自身的不足就已算是孺子可教了,除此以外,我还能够感知穿在先生脚上的那双圆口布鞋是多么熨帖而合乎身份,又是多么轻便而纤尘不染;我还能够领会戴套袖的先生在秋风起兮的豆子地里捡豆子的随心所欲,同时也乐意伸手帮先生把糨糊抹在漏风的窗户缝上,然后目睹先生把一条浸染沧桑的白麻纸贴上去,轻轻用手抚平。

二

与孙犁为邻,我逐渐学会以平常心眺望生命中的月升月落,云卷云舒。然而,当有一天我无意中看到门前那条著名的长河

与孙犁为邻

气息奄奄时,竟然不知该不该对先生提起。那是一条贯穿先生生命之源的河流,先生在知道河水枯竭后,会是怎样一种感受?尽管那又是一条自由散漫惯了的长河,从泛滥不羁的童年开始,一直义无反顾滔滔东流,湍急中度过了浮躁的青年与持重的中年,终于到了风烛残年的时候,我不敢把河流的尾声告知天堂里的先生,先生知道后会伤心的。那绝对不是先生梦境里的一树桃花萎靡,也绝对不是一朵朝霞的溃散,更不是一只云雀的跌落尘埃,而是孕育先生艺术灵感的母亲河即将枯竭了。

我知道先生笔下的滹沱河永远活力无穷,"今年向南一滚,明年往北一冲,自由自在地奔流";而我的乡党诗人牛汉也说:"它不像水在流动,是一大块深褐色的土地在整个地蠕动。看不见飞溅的明亮的水花,是千千万万匹野兽弓起了脊背在飞奔"……但谁又能想到,这样一条性格狂放的长河有朝一日会细瘦成一股馊水?先生,你眼中翘立荷香里的鹭鸶鸟呢?你眼中的对艚大船、赤足纤夫和片片白帆呢?

说起滹沱河,我蓦然想起先生的母亲——那个裹着小脚曾在小油灯下夤夜纺织的村姑,那个在麦秋两季疯了似的收割庄稼的妇人,那个满身是土,发端沾着柴草,蓝布衣裤泛起一层汗碱,

麻纸的光阴

总是撩起褂子抹去脸上汗水的女人,在农闲时节也养成了玩牌的习惯。她对劝她的儿女们说,不要管我,这是你爷爷吩咐下来的……先生,我越来越相信先生的母亲就是滹沱河的化身了,我对门前这条河的秉性再熟悉不过。她有时温驯如一头老牛,有时奔放如一匹野马,有时娇憨如一只小猫小狗,我们拿她没有一点儿办法,谁让我们是她共同的儿女呢?

一条河流的命运总归不是我们的意愿所能左右的。我又想,如果千余年前,我们的祖先一路风尘仆仆地来到滹沱河边,看到的不是轻波逐浪、流水涣涣的景象,而是一片荒芜厚实的沙滩,他们或许不会有停下不想走的念头,也不会在地势相对平整的河畔滩涂开垦出一片广袤肥沃的处女地,从而打上桑梓故里的烙印;他们或许会从容地离开这条河,去寻觅如鸣佩环的淙淙水声。那样,我与先生就不会成为邻居了,我也不能紧随先生其后亦步亦趋了,想起来都隐隐有一丝后怕。

在我知道滹沱河沉疴不起之后,我不止一次地在长河两岸的堤坝(先生称作堤埝)上踟蹰,像一只迷途羔羊,盲目地寻找被大雪覆盖的归途。而先生在十二岁离开家乡的时候,也一定如我一样茫然不知所措。多年以后,当先生回到久别的故乡,忽然发

与孙犁为邻

现河水"已经干了,但风沙还是熟悉的;屋顶上的炊烟不见了,灶下做饭的人,也早已不在"。我听到先生长长的一声喟叹,跌落在冥冥中虚幻的一河浊水里,激荡起一朵细微浪花。

三

因为与孙犁为邻,我习惯在清风徐徐的夜晚,点一盏葫芦状的玻璃煤油灯,沐着院子里豆棚瓜架下清澈的蝉鸣,展一卷透着墨香的《风云初记》或《白洋淀纪事》,静静地品读孙犁。假设这个夜晚是天地间最安逸最闲适最恬淡最销魂的一段时光吧,同样的月光下,七十年前的白洋淀边,一个娇媚如月亮的女人,坐在小院当中,手指上缠绞着柔滑修长的苇眉子,无声地编织苇席,在晕染荷香的雪白凉爽的苇席上,等待着英雄的丈夫归来……

我有一个中学语文老师是南方人,驼背成一百四十度角,人称"一百四十度",他操一口八调清浊的流利吴语,把课文朗诵得抑扬顿挫,韵律十足,每每读到"月亮升起来,院子里凉爽得很,干净得很"时,面庞会呈现出一种如痴如醉的泛光神态,驼背也似乎挺直了,他指着一院灿烂的阳光说:"我们把阳光当作月光吧,可不能小觑这个孙犁啊,想象他当时写出这段文字的心情是多么的、多么的……那个好吧!"

讲台下的学生一片哄笑,我们在轻佻的气氛里把"一百四十度"又戏称作"那个好吧"。请原谅我们的懵懂无知吧,那个年龄段的我们又怎么能够读懂先生的《荷花淀》呢?时过境迁,我已慢慢地理解老师当时的心境了——他把自己置身于一片柔美的月光下,却无法用恰如其分的形容词来表述对先生艺术造诣的心得与体悟。

不管一年之中有多少个夜晚会皓月当空,只要有清风明月的时候,我总疑心家乡往东近千里之遥的地方,有一个窈窕的女人在月光下编织苇席,编织心头一个说不清道不明的梦,那种被薄雾缠裹,又被月色朦胧着的景象,成为我青年乃至中年时代朝思暮想的一种人生佳境。我在生命的苦旅中艰难跋涉,几回感知自己出现在那样皎洁的月光下,甚至望得见从一片水面上涌来的白乳一样的雾气,却唯独少了一个编席的女人菱姑。

四

因为与孙犁为邻,我喜欢在斜风细雨的时候,撑一把黑色

与孙犁为邻

的雨伞,在乡村的街巷里漫步,看晶莹的小雨珠是如何在地面形成蘑菇泡;看湿漉漉的街巷里有没有两个被雨淋湿衣服的妇女;看谁家的门洞里有没有闲坐的男人……我甚至会侧耳谛听有没有声音隔着雨雾传来——"给谁家说亲去来?""东头崔家。""给哪村说的?""东辽城。崔家的姑娘不大般配,恐怕成不了。"……平平淡淡的对白,圆圆润润的俚语,我们看到的不仅是先生迈向婚姻门槛的一个小小伏笔,更像是先生随手画就的一幅风俗水墨图,白描意象,古拙动人。在这幅风俗画里,先生的爱妻相信了帝乙归妹般的"天作之合"。

从先生记叙生平的文字里,我们似乎很难看到先生曾经历过怎样波澜壮阔的大场面,而我们又怎能忽略先生辗转异乡,投身抗日洪流乃至融入和平建设的每一段跌宕人生路呢?先生出神入化的一支笔总能把滚滚硝烟隐藏在袅袅炊烟背后,用静谧的农事或悠闲的一抹清风淡化掉所有的血腥与杀戮;先生总能用温暖的笔调写意酸涩的人生和与人生有关的一切坚硬而冰冷的物事;先生总是在舒缓的娓娓道来的语境中营造出独特唯美的艺术氛围……这与先生的修养和禀赋不无关联。

先生是性情中人,他把一腔澎湃的情愫尽数给身边的一花一木,一景一物,或者一碗烂酸菜,或者一支笔。先生说他使用

麻纸的光阴

过许多蘸水钢笔尖,也用过问同学借钱买到的自来水笔,但我猜想,先生在书写文字的时候,最得心应手的应该是一管产自侯店村的柔软的小狼毫——唯有先生家乡的毛笔,才可写出温馨、细腻、至情至美至柔的文字,方可呈现千锤百炼之后的润泽与力量。先生充沛的感情就像汛期的滹沱河那样波涛汹涌,但先生不会放任河流溃堤,他像远古的大禹那样张弛有度地疏导洪水,于是从先生笔端流泻出的又是另一番景致——明月清风,小桥流水……

五

与孙犁为邻,我开始懂得孙犁是乡村的孙犁,乡村是孙犁的乡村。记不清先生是什么时候把自己囫囵托付给乡村的,反正乡村和先生已融为一体,先生与乡村无话不谈,乡村把所有蕴藏的秘密都耳语给了先生。

无论是用竹簪把头发盘在头顶像个道士的五湖,还是秉烛夜读声闻四邻又屡试不第的东邻秀才;无论是引车卖菜的菜虎,还是专职埋死孩子的干巴;无论在梢门口倚门卖笑的女子小杏,还是弹三弦的驼背楞起叔……都是先生房前屋后抬头不见低头见的

与孙犁为邻

街坊邻居,都是先生尽情抒怀乡村风韵的绝佳素材。先生为一潭死水的乡村赋予了无比鲜活的生命力。至于我为什么不能够在熟知的环境里酝酿出类似先生那样的《风云初记》,可能与我的懒散有关,与我平庸的价值观和审美情趣有关。我同样是乡村的儿子,身上同样流淌着乡村母亲黏稠的血液,却从未想过为乡村吟诵一首哪怕只有几行字的赞美诗。

而孙犁永远惦记着乡村,乡村也永远惦记着孙犁。

乡村清晰地记得第一次与孙犁邂逅是1913年5月。

那是属于丰腴少妇的季节,多情的乡村正散发着槐花醉人的馥郁,乡村把这个孩子安置在家境还算可以的孙掌柜家。从此,蹲在"永吉昌"店铺远离灯光的角落里默默抽烟的孙掌柜成为孙犁的父亲,而每天一听到鸡叫就往地里跑的女人成为孙犁的母亲……其实呢,孙犁知道只有乡村才是他真正的父亲,只能是乡村才是他真正的母亲。尽管乡村是贫瘠的,没有充足的奶水哺育儿女成长,面黄肌瘦的村人只能靠野菜树叶来苦度春荒。然而,乡村又是富庶的:乡村有几棵枣树,几棵榆树;乡村有挑着水桶唱着昆曲的根雨叔;乡村有沿街高悬着花里胡哨的吊挂;乡村有自娱自乐的锣鼓铙钹;还有圪蹴在树杈上拉屎的疤增叔……千奇

麻纸的光阴

百怪的乡村啊,琳琅满目的乡村!

乡村睁着毛茸茸的大眼睛注视着一天比一天大的孙犁,直到有一年一辆叮当作响的骡车把少年孙犁载走。乡村舍不得孙犁走,孙犁也舍不得离开乡村;孙犁尽管走得很远,但走得很远的孙犁从未离开过乡村的视线。

走得再远,先生眼里也总有乡村的影子。在先生看来,乡村是那么明净,明净如白洋淀里出淤泥而不染的荷花;乡村是那么温婉,温婉如李清照笔下的《漱玉集》;乡村是那样单纯,单纯的乡村谢绝任何的晦涩与纷繁……所以先生习惯了用直白洗练的语言描摹乡村,描摹乡村的内容与形式,描摹乡村的气质与灵魂。

走得再远,先生总是深情地回望乡村,回望生命中最重要的这个男人或是女人。先生对乡村的感情无法用尺度丈量,早已渗透到厚实无垠的泥土中,他把自己当作乡村一棵肆意生长的枣树或是榆树;他把自己当作是乡村一座屋檐低垂的老房子;他把自己当作街头供人乘凉歇脚的一扇碾盘。多年以后,当先生乘坐一辆吉普车荣归故里时,却在村头悄然下了车,顺着一条小路绕回叔父家去……先生在乡村面前,腼腆得像个中了状元又羞于标榜的孩子,他习惯了审慎做人,锦衣夜行。

与孙犁为邻

乡村记得与先生分别是在2002年的7月。按照古人的说法,从七月流火开始,节气将一天天步向秋凉,乡村同样觉得那个夏天风寒刺骨,她杰出的儿子孙犁从泥土中来,又复归于泥土。但乡村忍着悲痛说,她从未与孙犁有过哪怕一分一秒的分离,更谈不上什么永诀了。乡村把孙犁紧紧地揽在怀里,孙犁把乡村永远镌刻在了心坎上……至今,乡村仍给孙犁留有一块空地,乡村说孙犁的灵魂就栖息在那里,明明白白,干干净净,坦坦荡荡,仿佛一碗清水模样。

先生走后的乡村大地上,我看到自己被夕阳拉长的影子,倒映在乡村季节的长河里,是那样轻浮,那样单薄,那样无所依托,如同一朵飞离蒲苇的白色花絮,没着没落。于是,我更加相信只有像先生那样的大师才可以在乡村的旷野上行走自如,并且在乡村的长河里投下山一般厚实的剪影,永难磨灭。

我的五点三十分

五点三十分。北方四月的清晨，我把计程车准时停在晨光乍现的车站广场。

县城依旧酣睡，城里大多数居民都还编织着怪诞虚无的梦境。善于鸣柳衔泥的伤春雀，仍栖在巢里，有一只早起的小鸟倒是扑棱着鸟翅，落在计程车的引擎盖上，侧着脑袋看我，身轻如叶。它一定想尝试着和我沟通一下心情；它一边砥砺黄喙，一边透过车窗侧目我的表情；它偶尔唧啾一声，偶尔剥啄出一声清响。我不想去惊扰它，非常可爱的小生灵，在声息岑寂的早晨独自飞来陪我。我唯恐弄出一星儿声响，干脆静静地伏在方向盘上，一如往常继续将仓促收场的清梦进行到底。

二十五年前，同样的五点三十分，只是不相同的季节和地点，我推着破旧的单车，踩着冷硬的夜色，匆匆赶往五里开外的

我的五点三十分

中心小学。那时,头顶上依然是万千闪烁明明灭灭的星星,身后紧随着一言不发的父亲,还有绵绵不尽的冬寒。

出村三里半,有一土堡,父亲日复一日地陪我经过那片废墟。老人们说里边住过一户财主,人死了,家破了,财产也流落到了别人家,堡子里却没人敢住进去,年复一年土堡破败了,成了一片废墟。但我不得不面对它的存在,我总疑心那里面依然住着财主一家,只不过那家人都很怪诞,不言不语,也不食人间烟火。父亲说,啥事儿都没有,人们瞎说呢,你走你的路吧。我走我的路,但我心思不在路上,忍不住回头看看,回头看时,发现父亲站在那个土堡前的阴影里为我壮胆,所有的恐惧在那一刻消失得干干净净。

一轮苍凉的上弦月或下弦月,一座黑黢黢的土堡,还有我的父亲,永远定格在我心中的星光灿烂或晨色微曦的五点三十分。

现在我每次出车,仍觉得老迈的父亲不声不响地坐在后座上,陪我驶向城市寂寞的清晨,以致我开车时总习惯回头看看,看见后座上没人,心里反而变得空落落的,不由得鼻子发酸。

五点三十分的风影飘忽如魅,渺无声息;五点三十分的一景一物像蒙着一层玻璃一样的薄膜,清冽而凄寂,富有诗一般的质

麻纸的光阴

地。当然,一年当中的五点三十分会有不同的气象发生,有时候天空如同罩了一块硕大绵密的幕幔,汽车的强光灯都无法穿透它的经纬,这种时候我开车会异常小心,害怕出什么事故。每个人都有约定俗成的宿命,而我把这种宿命固定在了五点三十分。

天上有一颗被晨光遗漏了的星星,苍老地俯视着地面,那是不是父亲执着的眼睛呢?

站前广场又多了几辆计程车,都是我的伙伴,相互摁一下喇叭算是打了招呼。我们各自蜷曲在车里,一脸困倦,但只要火车一进站,即使出来的只是零星几个乘客,我们也会没命地摁喇叭,瞄着乘客的方向。

天上的星星仍恓惶地眨着眼睛,让人想起受了委屈的孩子。父亲眼神里从不流露这样的表情,我坚信这颗星星肯定不是父亲,这是一个被人驱出家门的流浪儿,他的样子招人怜惜——仿佛当年我第一次离开家乡赶赴遥远的省城打工一样,身边缺了父亲的庇护,眼前的出路又那样迷茫。父亲说,好好走你的路吧,别瞎想。我听着父亲的叮咛一路走下去,跟跟跄跄地走到了今天。

五点三十分的星空只有在冬天才充满幻想,那时天上的星

我的五点三十分

星如芝麻一样撒得密密麻麻，杂乱无章。明明灭灭的星辰有如父亲，有如流浪儿，也有如古英雄。一颗一颗闪烁着犀利瞳光，倔强而轻狂的光芒搅乱了五点三十分的恬静与肃然。

力群先生有一幅版画就叫《黎明》：一头白毛驴，一头黑毛驴，寂寞地行走在黎明前的河沿上。瓦蓝瓦蓝的天穹，一轮圆月如明镜高悬，远山缥缈，长河如带，一株散漫的开杈古树……骑驴老汉手搭凉棚，眺望黎明时分模糊不清的旷野，似乎听得见白毛驴呜哇呜哇地鸣叫，倒是负重的黑毛驴亦步亦趋不声不响……画中的意境是我童年时的向往，想象那个头缠白毛巾的老汉骑在驴背上的样子是那样悠闲；驴蹄踏破了薄薄的一层曙色，鸡鸣狗吠的乡村近了又远，远了又近……

如果那时候老汉手腕上戴一块表，我想必定就是五点三十分了，五点三十分的老汉是去赶集呢，还是去走亲戚？身上的棉袄一定被夜露或薄霜打湿了，他沐浴在蛋青色的晨曦里，为几斗米而奔忙……我一直痴迷于那种清澈见底、如诗如画的五点三十分，清冽的河水哗哗地流淌，婆娑如兽的古树点缀在散发宣纸味道的河堤上，有着古隋堤上杨柳迎风、醉看残月的柳屯田的独特情怀！

麻纸的光阴

我知道五点三十分其实就是一页白纸呢,什么都可以画上去,什么都可以不画,而水墨和丹青就握在我手里。

清扫垃圾的环卫工人把扫帚伸进我的车轱辘下面,嘴里嘟囔着什么,车盖上的黄嘴翠鸟飞走了,也带走诗一样的好意境。不远处有一对提旅行袋的恋人急急忙忙地往车站候车室跑去,广场的犄角处弥散起一片淡蓝的烟雾,那是早点摊的炊烟。

五点三十分,调频的电波总以一阕昂扬的旋律昭告世人天亮了,这时候一些人摸摸索索准备起床,洗手淘米做饭。这就是我所钟爱的五点三十分啊,尽管它的从前和后来是那样不同,但不同的五点三十分有着不同的情趣在里头,我挚爱着,且痴迷着。在这一个奇妙的时间段里,仓促放弃睡眠不一定就是一种痛苦,对于那些还沉湎在睡梦中的人,倒应该算是一种享受。

早起的人已经在广场周围的人行道上来回走动了,他们溜达着,随意地在那里行走,呼吸着一天当中最新鲜的空气。

可能那天我出车有点早了,当我把车停在靠近车站出口处的地方时,眼皮儿像坠了铅似的合上了。我趴在方向盘上听父亲说他要离开一会儿。就在父亲离开的空当,我看见那座黑黢黢的古堡了,堡墙仍旧那么高峻,俨然是生铁铸就的,幽幽泛着蓝光。

我的五点三十分

堡墙外面是一条通衢大道,一头连着中心学校,一头连着一片树林。黏稠的夜幕压下来,堡墙苍劲地挺上去,浑如一轴浓浓的水墨,颜料太浓,看不透颜料下面的宣纸。学校那面呼啸而来一辆巴士,车头喷着火苗,火势越来越旺。巴士里的乘客面容模糊,姿态安详,全然没有生死即在须臾的慌乱,我看见父亲的一张老脸如同剪纸一样贴在巴士的车窗上,一闪即没。着火的巴士很快消失在那片黑压压的树林里了,我念叨着父亲坐上那辆巴士做什么?空中多了一轮月亮,一轮皎月悬在堡墙上,远处传来雷响,眼看要下雨了,我该回去了,老婆娃娃还在家里等米下锅呢……

这个梦很蹊跷,我是被一个乘客拉车门的声音惊醒的,同时惊出一身冷汗。看看计程表上的时间,正好是五点三十分,该死的五点三十分。

我看到一辆不该看到的着火的巴士,连同我的父亲开进那片密密的树林……那个黎明时分的五点三十分,月亮好好地倒悬在天上,没有风,没有着火的巴士,也没有梦境中高耸的堡墙。我的乘客告诉我,他在车外喊了我足足有两分钟,以为我出了什么意外。我含糊道,困了,睡过头了,该死的五点三十分。乘客一脸费解,你说什么?什么该死?我说,挺好的,没什么。

麻纸的光阴

我在五点三十分前后应该是很少有困意的,即使趴在方向盘上也仅仅习惯闭目养神。但那天我确实睡着了,并且做了一个不愉快的梦,我把父亲留在一辆着火的巴士上,那巴士越跑越远,我连喊一声的欲望都没有……

当然我知道梦境是不真实的,我父亲永远躺在家乡的那面荒坡上了,他目光如炬,照耀着一座永恒的古堡,而我已经很少出现在他视线所及的范围里了。

记不清父亲是从哪一年突然开始衰老的,原来强壮的身体不知不觉地萎靡下去,变得猥琐而矮小,一头黑发也被花白取代。山一般伟岸的父亲告别人世的时刻竟然就是在某个五点三十分,他走得不声不响又依依不舍……

我总觉得父亲并没有离开这个世界,他天天陪我出车收车,尤其在我疲劳驾驶的时候,会时不时地提醒我,歇一歇吧,小心出问题。

我有一个惯例,五点三十分左右打车的乘客,一般只收他一点油钱,甚至油钱都可以省略。在静谧的车厢里,倾听他(或她)小憩的鼻鼾,偶尔聊一句事业或婚姻方面的话题;更多的时候,我不言,他不语,让车静静地驶向目的地。

我的五点三十分

一到地方,他下车,我开走,连一句感谢都不需要倾听。这样很好,因为他是我五点三十分的乘客,所有五点三十分坐在我车上的人,都是我生命中的贵人。

一旦五点三十分过后,无论再惯熟的乘客也不可能享受这种优惠了,我是个恪守准则的人!

我比颜回晚白头

如果没有孔子,颜回就不可能这样出众——颜回的白头,颜回的早故,颜回的学富五车,还有七十二贤之首的名号都统统摆不上桌面来。正因为有了孔子仲尼,颜回二十九头发皆白,四十一岁仓促谢世才最终被后世载入史册,也为儒学界扼腕千古。

颜回的白发因何而生?

两千五百年的历史没有为我们提供答案,倒是圣人曾盛赞弟子颜回说:"贤哉,回也!一箪食,一瓢饮,在陋室,人不堪其忧,回也不改其乐。"这是推理颜回白头的一个佐证。"年十三,入孔子之门",此后终生师事之,而孔子治学又以严谨著称,颜回的一生都被繁重的学业和生活负担压迫着,几近喘不过气来。这样的日常生活,不白头倒是奇怪了。

曾夸口"白发三千丈"的谪仙说他是因"愁"而白的,那么

我比颜回晚白头

颜回是否也"缘愁似个长"呢?孔子回答说,颜回乐而忘忧!有鉴于此,颜回顶上白发如果不是遗传,就是孔子所致了。

孔子把自己漂泊的艰辛无偿地分给了几个忠心耿耿的弟子,其中就有颜回。那是公元前492年,在孔子故里,一个贫而好学、聪敏过人的贤者被自己满头霜染的白发惊呆了。他可能是从泗水河的冰面上看见了自己的倒影;也可能是从一碗清淡的米汤里折射出自己萧条的样子;还可能是从老师整冠束发的铜镜里捕捉到自己的苍老容颜。但,春寒料峭的北风依然硬朗地掀动他的袍襟,还有他的头发,以至于白发像一束充满玄机的拂尘,抽打着孔子门生的定力。孔子也被拂尘的尾丝轻轻扫了一下额角,连忙眯了小眼端详颜回,良久,方说,贤哉,回也!

恐怕也只有孔子能理解颜回了,只有孔子能读懂颜回满头熠熠闪光的字符了,那该又是一部洋洋洒洒数万言的"论语"呀!有关于他的仁,有关于他的礼,也有关于他的师道尊严和克己复礼……颜回的白发闪耀着无穷的智慧和乐而忘忧的光泽。孔子周游列国时曾向李耳问礼。相传李耳生来就"皤然一老子",而颜回直到二十九岁时才从外表上达到李耳的境界,比起老师的老师来,显然在时间上差了一大截,所以他虚心好学,从不为学识过

麻纸的光阴

人而沾沾自喜。这只能是颜回了。

拉拉杂杂说了这么一大堆颜回的事情,而我呢?我又是在哪一年发染薄霜的呢?掐指数来,也有三四个年头了吧?人近中年,渐渐两鬓斑白,实在有碍观瞻,赶紧买来染发水,抹了又涂,涂了又抹……抹过了,涂过了,面对一头不属于自己的乌黑,一股暮年将至的悲凉如鲠在喉。要知道,白发与皱纹一样遭人诟病,白发的不期而至显然是奔着自己年龄来的,但四十为不惑之年,距白发苍苍尚有一段距离呀!遥想当年伍子胥是怎样一夜白了头的?再想想自己应该没有沦落到非白不可的地步,可是头发偏偏就白了,白得很彻底。

虽说"文起八代之衰"的韩昌黎也是在不足四十的门槛前就"视茫茫""发苍苍"了;虽说东坡居士三十八岁时也已"尘满面,鬓如霜"了;又虽说复圣颜回二十九岁就已是我现在这副萧条样子了,甚至比我还显苍老,还显古旧。但我仍觉得华发来得太过匆忙,太过突然,在我没有准备,没有把握,没有让青春大放光芒的情况下竟擅自出现了,直叫人扼腕矣,嗟叹矣,猝不及防矣!我相信仲尼如果在天有灵,看了我的白发,也会摇一摇睿智的脑袋说,岁不寒,松柏也会凋吗?我不是他的三好学生颜

我比颜回晚白头

回,所以白头就显得不伦不类。

但是,再怎么说我也比颜回晚白了十个年头。十个年头就有十个年头不可估量的价值。在这十个年头里,我兢兢业业积累着个人资产,虽不富有,也凑合着能活。而在春秋时代的鲁国,一条偏僻的陋巷里,颜回正"一箪食,一瓢饮"维持着生计,他发愤忘食,乐以忘忧,不知老之将至矣。他是用他老师的一句句调侃安慰我的,我摸摸头上的白发好轻啊!几乎了无分量。

颜回在他白发之前就已经出类拔萃了,而我四十余年韬光养晦的履历,却只能以一头白发来与古人平分秋色。不要说比老子比颜回比谪仙比韩愈比东坡先生了,就是比比自己头上的白发也觉汗颜。

千百年来,飞扬跋扈的白发造就了无数风云古今的贤者,也间生着如我一样碌碌无为的凡夫俗子,白发并不是衡量智慧的砝码,它只是计算生理年龄的一种直观方式。"公道世间唯白发,贵人头上不曾饶。"唐天宝十一年,李白与好友"登岭宴碧霄",面对苍莽大河之水,悲从中来,"高堂明镜悲白发,朝如青丝暮成雪",虽胸怀万丈不平之气,也只能借酒以浇块垒。这是催生白发的又一种解释。历史长河中又有多少郁郁不得志者,

麻纸的光阴

诸如李广、冯唐那样"白首不见招";有多少把一生的青春韶华都枯萎在御花园里的白发宫娥呢?"上阳人,红颜暗老白发新",她们只能借着月光在冷宫的房檐下闲坐说玄宗了;又有多少被当政者桎梏在异域他乡,如皓发苏武、老叟张骞呢?他们也只能慨叹一声"臣不敢望酒泉郡,但愿能入玉门关"了……

如此茂盛而茁壮的白发,于须臾间淹没在滚滚的历史烟尘里不见了,还有谁去理会颜回二十九岁白了的"少年头"呢?

我当然不去与颜回作类比,我有我的自知之明。何况我也有我的修饰方法,白发可以染成黑发,黑发可以变成黄发,不管它是"江山一笼统,井口黑窟窿"还是"黄狗身上白,白狗身上肿",反正当今社会,染发已经成为一种时尚,至于染来染去对头皮对发质有没有影响就另当别论了。

掩饰瑕疵是当代人的通病,不像古人那样洒脱自然,说一是一说二是二,美就是美,丑就是丑,直抒胸臆。头发白了,怕后人不知道,还要写进诗里,写进典籍里,前贤的洒脱不羁和对瑕疵的满不在乎反成了我们看轻古人的笑柄。颜回宁愿师从孔子而不愿入仕的做法,导致其英年早逝,家人连棺椁都买不起,最后是东家筹,西家借才草草下葬的,颜回的尊师孔子事后却说:"才不才,亦各言其子也。"不知圣人的辩驳是虚伪呢,抑或是

我比颜回晚白头

高尚呢？我们没法理解，只好搁过不提。

又但是，白发皤然的古人总在我眼前晃悠，其中一个叫李太白的诗人一边炫耀他的白发多么多么长，一边艳羡鹿门山的孟夫子，说老兄你"红颜弃轩冕，白首卧松云"，几乎就是人间的神仙了……实在搞不清楚李白是拿一头白发没办法才故意说反话呢，还是果真具备了这样的审美观？反正我是做不到这一点，染发时唯恐遗漏了一丝白。要知道，缺陷可以藏在心里，绝不可招摇过市捧给外人去欣赏。反过来说，我们吸取了古人的经验教训，从而学会了把自己包在厚厚的盔甲里，彼此看不透对方的心思，甚至包括身边的另一半。

人与人之间筑起一道无形的篱笆，不仅适用于官场，而且适用于友情，就连在家庭生活里也常常扮演着言不由衷的角色。我们活得都很累，而两千五百年前的颜回先生却精神抖擞，一点儿也不累。

颜回把一头白发随意绾个结子箍在脑后，白发苍苍的，侍奉在身高九尺六寸，且臂力过人的老师左右，甘愿做一个"仰之弥高，钻之弥坚；瞻之在前，忽焉在后"的谦恭弟子，没有心计，不打哑语，坦坦荡荡地行走在鲁、卫、曹、宋、楚等国苍茫而坎

麻纸的光阴

坷的大地上……如此想来,颜回先生的白发又不大可能是因了心理或生活负担而造就的,他把做学问看作是一件乐事,全身心地投入其中,在他走过的列国荒原上,到处撒满了智慧的珠玑。

不管是李白,还是孟夫子,或是颜回,他们顶上的累累白发里毕竟没有我的一丝半缕。我倒是想拜谒一番颜回故里,虔诚地踯躅在那条飘满竹简清香的陋巷里,然后一箪食、一瓢饮地回味先哲的清淡生活,可是谈何容易哟!

在我比颜回晚白头的十年里,一再庆幸自己依然年轻,依然有大把的光阴可以虚度,每每看见白发老妪或老叟从眼前蹒跚而过,也不去设想总有那么一天自己也会变得那样苍老,那样的光阴屈指可数。我坚信老子在襁褓时应该就是一个不折不扣的怪胎;颜回在二十九岁时一定生过一场大病;李白肯定是饮酒过度;韩愈绝对是为文所伤;苏轼是因丧偶之痛而伤及脏腑;而孟浩然则是食多了鹿门山的野味菜肴……他们都有白发早生的理由,而我一样都不沾边儿。

现在好了,我也跻身在白发之列了,耳听得东坡先生唱"门前流水尚能西,休将白发唱黄鸡"。俗人与圣贤之间毕竟是有差别的,即使一样的白发也有不一样的说道。

我比颜回晚白头

沮丧之余,细观慢慢褪色的发丝,忽然发现那些白发质地良好,柔而不缺刚性,白而不乏光泽,这是肾虚血热者所不具备的特性,那么我头上的白发必定是我已经成熟的标志了。好得很,这个结论是可以接受的。

土豆的花事

最早是一只啼春鸟把村民唤醒的。

确切地说,那是一只栖息在岚河或岚漪河畔的布谷,空竹声远,如鸣佩环,让人一下子想起新鲜的土豆落入仓房的声音。这样的声音陪伴村民大半辈子,似乎仍未听够。

这个季节呢,村民的觉很浅,浅得就像是半碗喝剩的茶底子,很容易被一阵风,一声狗吠,或是一串啁啾的鸟叫声惊扰或唤醒。惊蛰不在家,入伏不在地,何况现在已是河柳叶茂、洋槐树开花的人间四月天了。城里的人,如同出巢的燕子,掠着岚河的水面开始四散踏青;乡下的村民却少有这份闲情逸致,他们把窖藏一冬的上好的种薯从地窖里翻出来,掰去少许老芽,略微晒一晒,然后开始切块。

女人在灶台上忙碌,忙得像一只终生未得半日闲的蜜蜂。灶台不再是白灰抹面的皲裂如断流的河床地,而是用羊脂白玉似

土豆的花事

的瓷砖拼砌而成；老旧的如风吹窗户纸一样呼嗒呼嗒乱响的风箱，被丢弃在茅房里了。女人不习惯在电磁炉上做饭，她的汉子总说，电磁炉电饭锅煮熟的土豆不绵，不香。大多时候，女人仍留恋着大锅灶，代替风箱的是助燃吹风机。早餐，必是一笼屉土豆泥蒸熟的黑圪蛋蛋，或是土豆丝掺和了面粉做成的菜团子；菜呢，要么是淋了米醋的凉拌土豆丝，要么是肉炒土豆片，雪白的葱丝与橙黄的土豆相得益彰。

女人的厨艺随男人的胃口而上下浮动。男人都喜欢吃黑圪蛋蛋，所以女人做出的黑圪蛋蛋各有千秋。做学问的老师给黑圪蛋蛋起了个莫测高深的名字——赛猪苓。猪苓是什么？村民不知道，又觉得拗口，还是叫黑圪蛋蛋好，既显得贴切，又感到亲切。村民吃饭，一律硬撅撅的，把十分柔软的食物可以吃出清脆果敢的响声。吃完饭就该下田了。田地在村民眼里，是供奉在神龛里的佛像，比储存在信用社的存折都要金贵。

一株植物的种子，在入土之前，很少会被播种者用菜刀一剖数瓣，然后分别植入泥土的。土豆是个例外，被切割得四分五裂，还用心地发育和生长。这是植物天然的属性，与气节和精神无关。

麻纸的光阴

何况,为这一场轰轰烈烈的农事,土豆的主人老早就祈祷另一场轰轰烈烈的春雨到来。春雨不到地不开,雨云却姗姗来迟,一直滞留在大万山重峦叠嶂的褶皱里,慵懒而懈怠。后来是一场不期而遇的南风,把吕梁山上的乱云吹来了,春雨碎碎的,柔柔的,下了一个白天一个夜晚,细雨霏霏,润物无声。村民叉着腰,龇着沾了牙垢的门牙,敞亮地笑道,过了初一是初二,早晚等你老天爷把雨点子砸下来。接下来,村民把自家羊圈里的羊粪一车一车地运出村外,运到地头,天女散花般撒在粗糙而坦荡的大田里,用犁深深地翻下去,用耙稳稳地磨平了,极精细地把土地打理得绵软而熨帖,如同一块新做的毛毡,最后连一个核桃大的土坷垃都找不到了,平展展地能够从地的这头,望得见地那头一座孤独的坟茔。

这些都算是工作的前奏,顶要紧的工序其实还是播种。种瓜得瓜,种豆得豆,种子落下去,才有后面的收获。播种是村民心中最神圣的仪式。那时,村民肃穆在已显绿意的田头,庄严地把大田望了又望,心底生起一层不容亵渎的意味,感觉自己是一个虔诚地匍匐在神祇脚下的信徒。越过苍茫大田,村民似乎已经看见开满碎银般如同小雨伞的土豆花序了,甚至看得见闹喧喧的花蕊间翩翩舞蹈着的蜜蜂透明的翅膀。

土豆的花事

在春天磅礴的艳阳下,村民终于把拌了草木灰的种薯,用新式播种机,整齐划一地植入松软的泥土,又在笔直的垄背上面,覆了一层塑料地膜。

一切都安排得井井有条。

田野恢复平静。鼹鼠在靠近山坡的草地里拱土,榆树上缀满成串成串的米黄色的榆钱,一些烂漫的不知名的野花怒放在春天的野地里。环绕在周边葱绿的青山之巅的风力发电装置,仿佛伫立于中世纪荷兰大草原上的一架架风车。

四月秀葽,五月鸣蜩,春天的岚县乡野充满盎然诗意。趁着土豆在熟化的土壤下面萌芽,主人蹲在散发泥土馨香的地头,捧一碗过了油的土豆黑饸饹,一边往嘴里扒拉,一边等待土豆开花。

今天的岚县,有许多像土豆一样土里土气、古色古香的村子,譬如王家庄、马家庄、史家庄,菜地沟、马涧沟、艾蒿沟……在这些质朴无华的村庄四周,经年生长着一种叫作马铃薯的草本植物,它们从春天启程,以漫山遍野之势,席卷一年当中三个季节的无限风光。

如果时光可以倒流,溯源到百余年前的岚县,那个被称作艾蒿沟的小村里,出了个才子名叫张民觉。张民觉自然是吃土豆

麻纸的光阴

莜面长大的农家孩子,可以说是土豆把他养育成人的。他的父亲在百里之外的定襄为官,每一次结束探亲,总要用毛驴驮一袋土豆回衙。父亲做了四年的县太爷,赢得的官声是"廉正而倨傲",并给儿子立了一道家训——忠厚老实,尊长孝道,永不当官。十二字铿锵有力的箴言,一如土豆般敦厚而决然。张民觉其实满可以做个像他父亲一样清廉正直的好官,但"父亲叫我念师范,毕业后当教员,钉鞋、剃头都可以,就是不能当官",父命难违,他还是遵照父亲的意志,只身去海外求学了。世界之大,大到广袤无垠,张民觉如鱼得水。多年以后,就是这个远涉重洋的、浑身散发土豆清香滋味的岚县学生,已经成为世界著名的生殖生物学家、育种学家和甾体避孕药的创始人之一,但浓重的乡音却一直陪伴他走向事业的巅峰……每一年土豆花开季节,张民觉总能聆听到来自故乡的一声声召唤,他想呼唤他的大概是老宅檐下的燕子吧,大概是火炕上的一盘土豆饸饹汤吧,抑或是长眠于土豆花海下面性情耿介的父亲呢……一想到故乡的土豆花事,心情复杂的张民觉豁然开朗,坡地土豆洼地葱,他清晰地记得艾蒿沟村外的坡地上,每至溽暑,土豆花总会开得恣肆奔放,亦真亦幻,他甚至看得见自己行走在土豆花海里如同一叶小舟似的影子……然而,归乡路是那么漫长,直到1994年,张民觉才魂归故

土豆的花事

里。沉睡在温馨的故乡泥土下面的张民觉，与土豆花同气连枝。

开花的日子，是村民镌刻在皇历之外的节日。这个节日他们渴盼已久。之前，他们每日里不厌其烦地反剪了双手，在属于他们的土豆地边来回逡巡。他们时而看看天色，猜度天上的流云哪一朵来自饮马池高山草甸，哪一朵来自大万山的龙门伏虎或仙姑望川，时而低头查看土豆茎秆的长势，端详滋生在茎秆上的一片片肥嫩的羽状复叶——那些可爱的叶子呀，在你目不转睛的注视下，叶脉如血管一样虬曲伸展，椭圆形的黛叶鲜鲜的，密密的，缀了些许晨露，娇艳欲滴。至于叶轴上什么时候会生出第一朵花序，村民并不急，一切都顺其自然，他们知道总有那么一个缠绕淡淡晨雾的日子，土豆花会欣然开放。

其实呢，土豆的花事早已从野外铺排进村里。花开的前几天，村庄沉浸在一片兴奋的喧闹之中，县里要在他们的田间地头，搭起一条一眼望不到头的文化长廊，长廊的主题当然是土豆了，当然是土豆花了，当然是种植土豆的村民了。作为主角的村民，把自家居住十多年的老房子粉饰一新，屋里屋外的墙角旮旯都用笤帚扫了一遍又一遍，以前堆放柴草的厢房也把杂物处理掉，在墙壁上贴了壁纸，插了PVC顶棚，地面也铺了光可鉴人的

麻纸的光阴

地板砖,摆放了一张张圆桌和椅子。有人甚至把整个院子都用混凝土覆盖起来,仅留一畦开满鲜花的花圃,并在一面墙上挂了一副没有犁头的木质犁铧。他们还请来擅长做土豆宴的乡下厨子,远赴饮马池采来地道的山蘑菇、苦菜、马齿苋,又在门口和院墙上张贴了一幅幅意境深远的土豆花开的风景画……毫无疑问,村民们的农家乐是踏着土豆花开的节奏开张的。土豆红炖肉、土豆鸡米花、岚县熬土豆、肉丝茄子土豆泥、奶油土豆卷、土豆南瓜羹……土豆圪蛋,能和百饭,村民在一页单薄的塑封菜谱上,留下了他们无穷的希冀和关于土豆最尊贵的礼敬。

那时,只有田里的土豆如同豆蔻梢头二月初的女子,超然物外。她们怯怯地、忐忑地、不胜娇羞地在土层下面暗暗发力,孕育着一朵花、两朵花、三朵花……乃至铺天盖地地绽放。任何一株土豆的根茎,包括泥土下面的块茎,似乎都感受不到来自田地以外的喧闹。她们经过漫长的土壤下面的蛰伏,让自己的花事按照自然的起承转合,沐浴祥风时雨,选择一个恰当的时辰,无声地开放在一枝枝纤细的叶轴上。花蕊下面,永远是层层叠叠妩媚嫣润的叶子,永远是一个不可限量的色彩斑斓的梦。

于是,在广袤的岚县田野上,甚或次第升高的梯田里,宛

土豆的花事

如一声令下,万千洁白如玉的花蕾,跃然枝头;如一只只充满灵性的蝴蝶,让人不由得想起元朝贾蓬莱的《咏蝶》:"薄翅凝香粉,新衣染媚黄;风流谁得似,两两宿花房。"这是转瞬之间的事情,惊骇而猝不及防,盛大的土豆花事于错愕中拉开帷幕。土豆花浓,暗香缱绻,大地如同一块意象深远的苏绣织锦。

一般的,角度于风景而言,比情人眼里出西施还重要。村民关注的焦点往往不是整片花海的蔚为壮观,而是一株土豆上面的几朵土豆花的成色,花色是否鲜艳,花瓣是否规整,还有花朵下面的叶子有无虫蛀,有无火熏。除了这些,他们看到的土豆花并不是一下子覆盖整个田野的,而是一星星悄然露出叶轴的花骨朵,起初是米粒那么大,慢慢地,米粒变成豆粒,豆粒变成酒盅一样的花萼。只是他们太注重一朵花的细节了,以至于等这一朵花开后,又有一朵两朵五角形的白花簌簌地、颤颤地,摇曳于另一株土豆的茎秆之上。当他们直起腰,再望向别处,星星点点的土豆花早已绚烂了他们有限的视野,目光所及,繁花似锦,乃至于如黛远山也成了土豆花的陪衬。横看竖看,都像极了一块硕大的祖母绿上,均匀点缀着数也数不清的凝脂样的鸡骨白。这样的大场面其实在他们的记忆里再寻常不过,只是他们从来没有刻意

麻纸的光阴

地凝注过，或者说祖先的衣钵里只因袭勤劳的骨血，而没有欣赏自然的雅趣。

面对第一拨游客的出现，木讷而不善言辞的村民显得手足无措。他们不知道精心打理好的房子和院子，还有餐桌上的农家土豆饭，适不适合客人的习惯和胃口；他们憨厚的笑声里隐藏了过多的歉疚和不安，倒好像他们做错了什么，或者是想得到什么。而游客从村民脸上，窥到的则是与土豆花酷似的质朴表情，他们对乡下任意一种源于自然的元素，都表达出过分好奇：刚刚还沉醉在土豆花营造的无边无际的绚丽之中，很快又被餐桌上的土豆宴所吸引。他们不清楚捣拿糕何以要把一团土豆泥，反反复复地捣、抿、揉、甩，厨子却嘴里念叨着"拿糕拿不高"；他们搞不懂土豆粉擀出来的面条，何以是黑色的，又如何称其为煮黑溜子；而那些土得掉渣的食物名称，比如圪擦擦、磨擦擦、不烂子、凉夷子、抻山药面圪僵……在汉字中将以何种字符的形式出现。更让他们不可思议的是，似乎每道土豆菜的旁边，都有一小碟精心调制好的蘸料，里面有蒜泥、香菜、干辣椒、芝麻粒，还有老陈醋和香油。未曾启齿，浓郁的香气已扑鼻袭来。

土豆的花事将要绵延整个夏天。不论白天和黑夜，不论天晴还是天阴，土豆花都执着地盛开着。一朵谢了，另一朵又开，一

土豆的花事

株单秆上,起码会簇拥三五朵的灼灼美丽的花蕾。土豆开花赛牡丹,看上去,这样的攀比多少有点儿张狂,其实呢,即使是倾国倾城的牡丹花,如果独放于岚县的土豆花海里,也会相形见绌的。

花总有开败的时候,自然的定律不可更改。而一株草本植物的衰老,并不意味着花事已然谢幕,还有许多事情才刚刚开始。

那时,天空像一面透明的镜子,又像一块纯净的蓝宝石,从清晨到傍晚,除天阴落雨,那样纯净的靛蓝一直优雅地保持着;天空下面的山峦,从春天到秋天,永远是一幅色泽饱满、充满生机的油画;山峦下面的村庄,简直是不可方物的世外桃源;而游客呢,山阴道上,应接不暇。但对土豆来说,对这些秋天仍待在田里的土豆来说,只能藏在土壤下面,静候主人来收获。

木板桥

村中有座木板桥,玲珑而简约,宽不足两米,长不过十余步。

小巧的木板桥下流淌的既非江河之水,亦非溪水泉水,而是一条浑浊的灌渠水,灌溉着沿渠两岸十数个村庄几万亩良田。

灌渠中有水的时间少,无水的时间多,一年中数见的几次开闸放洪,渠水浩浩荡荡一泻而下,倒也壮观,却从来不会泛滥到不可收拾的地步,永远保持着平缓的流量和流速。

灌渠穿村而过,把村庄一劈两半,村民惯常称渠南为前村,渠北为后村,木板桥是连接前后村的交通枢纽。柳木桥板,榆木桥桩,用工字形的铁巴钉箍起来,一般只供行人和自行车来往,偶尔也有人力板车隆隆碾过,桥身会发出不堪重负的呻吟。那种空空的声音一直持续到车轱辘离开桥面为止。

渠堤很高,几与房顶持平。任谁站在植满垂杨嫩柳的土堤上,都有一种成就感,平视着前村后村谁家房顶上晾晒着的红枣

木板桥

或是苞谷,虽然不能据为己有,也能一饱眼福。渠堤很宽,并排走两辆驴车一点儿问题都没有。多少年了,灌渠两侧的村庄早拿渠堤做了出行的通道。我姥姥六十多岁时还骑一辆单车从邻村来我们村看我母亲,走的就是灌渠的渠堤,在一段憋屈的地方被穿堤而过的一只野兔吓了一跳,这一惊非同小可,姥姥连人带车摔进渠里。当时正值春灌,渠水滂沱,姥姥在水中一上一下向下游漂去,后来被一个放羊人捞起来才捡回一条命。姥姥临终前还念叨那个放羊人的好,只是只字不提那道灌渠。

灌渠全称叫广济灌渠,长约六十公里,源头是三家村附近的滹沱河。最早的广济渠自清乾隆初年就废弃了,期间屡有官员士绅倡议修复,却因"该渠界连三属,人民众多,此争彼阻,容易酿成械斗重案……几朝均禁开渠"。1912年,革命党人续西峰,在老家想起了兴修水利。在他的主持下灌渠得以重新开修,但在上游的白村遇到村民阻挠。"渠身经白村,高出村舍甚多,渠决则淹没全村,但渠穿村而过,村人畏破其风水,故竭力阻扰。"行伍出身的续西峰听说此事后派他的部属续国良前往协商,随行的忻代宁公团士兵开枪打死了滋事的郭五、郭六,白村村民哗然而退……居住在下游的村民也引以为戒,没人再敢鸡蛋

麻纸的光阴

去碰石头。

"渠开广济福黎烝,泽被三县田万顷,杨柳成荫丰穰日,应念郑白开山公。"

多少年过去了,广济灌渠为沿岸百姓带去了数不清的财富。抚今追昔,有感先人丰功伟绩的却寥寥无几。我们从木板桥上经过,浑然不知脚下的流水还曾发生过怎样离奇曲折的故事,反觉得渠水原本如此,理应如此。我们把广济灌渠称作大渠,渠堤之高、渠道之宽非一般灌渠所能比拟。有渠就必然有桥,独木桥、木板桥、石拱桥、水泥大桥都属于灌渠的附庸。

就村中的木板桥而言,真的没什么可说的,就是简简单单一座木桥而已,孰修孰建算不得什么科学疑案,造桥的工匠肯定没有李春或鲁班出名,一目了然的构造更无一点儿科考价值。前村的社员每天要去桥北出工或采购生活用品,后村的社员也经常带孩子去桥南的大队部看电影看样板戏。每一天有多少人要同木板桥打无数次交道,低头不见抬头见,见惯了,走熟了,闭着眼也能从桥南跑过桥北,不怕失足掉下去。

小时候,我也曾闭着眼摸索着走过桥面,心有余悸却满心欢喜,好像做了件很了不起的事情。木板虽然有的地方隆起或陷

木板桥

下,但它传递给脚底的感觉始终是细腻的柔韧的敏感的,它让走在上面的人产生一种虚幻的优越感。其实往东行半里地还有一座石桥,石桥结实而宽阔,可以行走三套以上的马车,可以行走砰砰乱跳的拖拉机,但村里人都喜欢颤悠颤悠地在木板桥上走。

应该说生长在江南水乡的孩子可以猫一样卧在祖母温暖的怀抱里,谛听祖母哼唱"摇啊摇,摇到外婆桥"的歌谣,而与江南相隔万水千山的北方儿童,是难以品味这种来自淅沥梅雨中的歌谣所抒发的独特意境的。我们村里横躺着的大渠里即使天天灌满滔滔洪水也撑不起一条瓜皮小舟,逼仄的渠道里也永远看不到身穿竹布衣衫的少年驾一只箭一般飞快的小船来找外婆桥前的青石码头。木板桥不是外婆桥,木板桥上走动的多是些皮肤粗糙、骨节粗大、说话瓮声瓮气的北方汉子或婆姨。这些红脸汉子在迎娶这些婆姨时也照例是从木板桥上从容走过的。木桥狭窄,容不下一乘轿子或一辆马车或一辆四缸四轮的小轿车,新人也无一例外地要徒步走过木板桥,当然喧闹的唢呐、缤纷的爆竹都会为木板桥增添不尽的欢乐和喜庆。而新人绵软的绣鞋踏在桥板上,是听不见任何声息的,就连木桥也懂得怜香惜玉。

我们那时候的学校是建在后村的,学校背后就是大永安寺。一至三年级的班主任都是同一个人,记得老师姓温,是个女教

麻纸的光阴

师,就住在前村,教龄很长,个子也很高,说话比较直率,伶牙俐齿的,对谁都铿铿锵锵的不留余地,就跟她走路一样风风火火、速战速决。因为老师的缘故,贪玩的我却很少在木板桥上露面,尽管木板桥是那样令人着迷。

有时也偶尔走上去,不自觉地会加重脚底的力量,似乎不如此不足以体味木板桥的弹性和韧性。我们通通从北往南跑过去,在剧烈的颤动中感受桥身上下的波动,那种波动有如流水般传递到我们身上来,很舒畅也很刺激。

木桥很老了,有些地方修补过好多次,修桥的老人肯定是不在这个世上了,不在就不在吧,这些都不重要,重要的是它仍然成为前村后村不可或缺的交通纽带。没人想到应该把木桥换成水泥大桥了,人们日复一日地从南走到北,从北走到南,习惯了它的宽度,也习惯了它的颤抖,甚至那种空空的声音都已变成了音乐。

尽管大多的时间里,桥下并没有流水,只有砌成梯形的石头渠槽,只有冲积成鱼鳞般的累累细沙,还有一些风刮进去、人丢进去的从上游冲下来的杂物。从前的渠槽一定平坦如砥,直到被一次次洪水冲蚀得百孔千疮,沙沉石起,桥下排列着一大片各种形状的碎石。如果是夏天的正午,站在木板桥上可以看见不远处

木板桥

有光屁股孩子在一米多深的积水里乱扑腾,谈不上游泳,只能算作冲凉。危险是出自开闸放洪的时候,有不知深浅的孩子经常出事,在木桥下面就曾淹死过一个六岁男孩。男孩刚刚还在细沙上码房子,突然洪水呼呼地泄下来,眨眼间渠水漫过了他的腰身,和他一起来的伙伴们纷纷往渠堤上爬,他被一个浪头打倒了,打倒以后就没活着爬上来。隔了三年,孩子出事的地方又淹死一条狗。狗应该是会泅水的,但那狗的确是死了,肚子胀鼓鼓的,盛满了苦涩的黄汤。

渠堤干燥而瓷实,被难以计数的脚印或蹄印不规则地践踏成现在的样子,坚硬的地方堪与混凝土媲美。等到雨天,木板桥迷蒙在霏霏细雨里,桥身被淋得黢黑,这时的木桥加重了分量,像一个怀胎八月的孕妇,迟滞在风雨里,人若走上去,会发出闷闷的钝响。雨水顺着桥板的裂隙渗入渠底,水帘洞一样壮观。下雨天的课堂上我习惯走神,为此,没少挨温老师奋力掷过来的粉笔头。

也是雨天。我们班马鸣的姐姐骑一辆自行车从桥上驶过,看见迎面冒雨跑来一个后生,心里一慌,车把就不由自己往渠里歪,也是那后生眼疾手快,一把给拦腰抱住了,自行车掉了下去,人却没出事。时隔不久,马鸣的姐姐竟然嫁给了那个后生。

麻纸的光阴

这事在学校里传了很长一段时间,好多不认识马鸣的老师和同学都跑来向马鸣求证。马鸣就把故事原原本本地又说一遍,也没什么新内容,可老师和同学们都听出了新鲜感,有人猜测道,说不定木板桥是月下老人变的呢。

渠堤上的柳树在春天的时候会飘扬起一团一团雾一样的柳絮,桥上到处是乱窜的茸毛,欢快地随你的鞋底跑,谁也不留意它们,谁也不珍惜它们。柳絮落完了,柳芽吐出了新绿,一年的好风景又开了头。随便站在哪个地方,透过夕阳的余晖看木桥,青色的粉色的氤氲模糊了木桥的线条,朦胧中有着女儿般的阴柔与娇媚。倘若桥下尚有流水,波光潋滟中的木板桥,简直就是一幅画了。

而夏天和秋天呢?身穿汗衫的男劳力肩掮着谷个子从桥上沉重地走过,女社员则挎着一篮子蔬菜说说笑笑走过;年轻人脚步轻盈,老年人步履迟滞,只有上学放学的孩子夹着书包啪啪地跑过去;当然还有四平八稳的牛和乱哄哄的羊群。

冬天的木板桥上少有积雪,村人都在用心呵护着桥面,但也常有照料不周时,积雪没来得及清扫,又被早起的路人踩瓷实了,只能等太阳出来后融化。不久,你会发现化掉的雪水在桥板下垂挂成一排冰溜子,晶莹且透明。常有胆大的孩子弯下身子去

木板桥

够冰凌，咬在嘴里嘎嘣脆，透心凉。

四季在不停地轮回，这是木桥一年一度的流程。

有一段时间，木板桥的桥桩有一段朽烂了，桥面中间部位也出现了明显的裂痕，桥身整体呈倾斜状态。人们过桥时无不忧心忡忡，只是没人提议这桥该修一修了。

人们依旧各干各的事情，桥上依旧川流不息地过人过牲口。它咿呀不绝地呻吟，保持着淑女温婉的风范，无怨无悔，任劳任怨。

也许是冥冥中的定数吧，温老师在一个无月的晚上，下完晚自习从桥北往桥南走，她一如往常那样哼着歌，风风火火地要过桥，轰的一声巨响，桥垮了……

温老师的家人发现她时，已临近子夜。

我不敢说木板桥是约好温老师一块儿上路的，但那木桥早不塌，晚不塌，偏偏我们温老师经过时坍塌了。

…………

不久，一座结结实实的水泥大桥在木板桥的旧址上修通了。新桥落成那天，村长请来许多上级领导剪彩，拱门高悬，彩旗飘扬，场面宏大，激动人心。

落枣花

三月杏树四月桃,开枣花的日子只有等到五月初了。

那是一个漫长的等待啊,人们会因为灼灼百朵红的牡丹、零落已成泥的蜡梅、花影妖娆的杏花的组合看花了眼,也看走了原本就不很充足的雅兴。直到观景的人儿开始厌烦花草,犹如吃多了海鲜会反胃一样,只有这时,枣树才开花,才落花。枣树开花和落花几乎是前脚和后脚的事情,短短几天,短暂却并不仓促的一生就要作别人间;好像是有备而来,好像是有备而去,没有太多眷恋,也没有太多失意和惆怅。

世间万物生生息息,本来就很寻常吧,深谙自然法则的生命都不会过多奢求造物主的厚爱。枣花们似乎也很知足,放弃了苟延的想法。人世间能有这般洒脱的倒也少见,就算那些圣贤先哲们,何尝不奢望遁世修道,长生不老呢?

木进老宅,已嗅到一股特别的馨香了,令我奇怪的是枣花应

落枣花

该是不散香的。那缕缕的香气却洞穿了陈旧的门扉，不由得让我想起"红杏出墙"的词语来，不觉哑然。推开老宅三寸厚的榆木门，我还是被满院飘落的枣花惊呆了。来迟了，还是来迟了，面对一地枣花只剩下了慨叹。昨夜一阵小凉风让人猝不及防，也让枣花猝不及防。那个时候，我还颠簸在归乡的路上，纷乱的思绪仍飞扬在名与利的角逐中。如果我早到一天，如果我尽可能早一天撇开世俗杂念回到故居，也不至于与枣花的约会如此草草，几乎是失之交臂。

虽然落花的枝杈上业已顶出青绿的枣果儿，但那些如云如雾如繁星点点的枣花怎么就无端地走了呢？不等我回来多看你们几眼？想来还是那一夜的小风太是无理。

整整一个春天吧，心里茁壮的枝枝杈杈上一直缀满碧绿的小圆叶，瑟瑟地等着你在叶子上绽放呢。多么美妙的日子啊！我期待了许久，娇媚的你却如昙花般匆匆谢了，不做一丝的留恋。原以为我们是诤友呢，冥冥中与你有一种形神兼备的默契，但世俗的凡人又如何改变得了自然的风时雨候？站在落花的枣树下，真希望自己有点石成金生落花艳枯枝的本领，将那凋零一地的枣花倒放镜头一样重新覆满枝头，宁肯不要秋后那红珊瑚般的果实。

麻纸的光阴

此刻,寂寞的老宅灌满了新鲜的阳光,久无人居的院子,充斥着清幽的气息。哪一间厢房、哪一段台阶、哪一副牌匾不记录着长袍马褂,甚至更加久远的岁月年华?老宅里没有其他树种,只有枣树,这里一株那里一株,很零散,不成布局。似乎老宅固有一种很难兼容色彩斑斓的地气。

即使仅有几株枣树,只要适逢花期,枯寂的庭院也总会被繁乱的小花映黄了,衬嫩了,渲染出妍妍的情致来。人若在枣树下散步,心灵也会明净如一潭秋水。枣花淡淡的,并不释放太多肤浅而媚人的香味。倒是张恨水先生称,五月北平的枣树"也开花了,在人家的白粉墙头,送出兰花的香味"让人不敢苟同。就是那伶仃的东西,凝结在枝上,跃入眼帘,随意又画在人心上,多久你都忘不了她米色的玲珑剔透的小模样,你都能够回味起她如同古筝被深宫玉人的皓指轻勾一捻之后留在弦上的袅袅余韵一样的味道。曾经有一个太守就是在"簌簌衣巾落枣花"的时节来到缫丝乙乙的小村庄,向农夫讨水喝的。每到这时,我总要伤感好些天,遐想那种我不熟悉的格调里,原始的阳光勾勒出枣树枣花的感觉实在是异样得很。

当下的心情却是怪怪的,除了扼腕,就剩下一种深深的怅然。一地花泥是专门铺给仙人的花毯吧,又是哪位仙子莅临我的

落枣花

老宅呢？四处寻觅，寻觅四处，从挂满蛛丝的廊檐到腐旧的雕格晴窗，再到落漆的一通到底的箭门上都不见仙子纤纤玉指触摸过的痕迹。难道是神仙姐姐轻鸿一点，看一看老宅不适宜栖居又飞走了吗？难怪庭院里留有一种捉摸不透的余香，那种香味分明不是俗世所能孕育与滋养的。

心中蓦然一悸，我是专程回来探望枣花的，即使真有仙子留香，我又怎能见异思迁呢？枝头上毕竟还有那么多尚未凋零的枣花，我想敞开双臂把所有的黄衣佳丽都揽入怀中。

不明白枣花在经历了整整一个苦夏一个凉秋一个雪冬和又一个活泼的早春后，也未曾撷取过几抹赞美有加的眼神就因何匆匆作别了枝头。掐指数来也就短短几个朝夕吧，但几个朝夕也足够了，足够她清点暮春景致的一点点苍老，足够她参读这个家族百八十年的分分合合、荣衰更迭了。祖先栽下几株幼枣树时一定是看惯了田垄里死板的玉米高粱红薯山药，才从山地里把它们小心移回家来的。但祖先未曾料到仅隔百年光景，家族已分崩离析，唯剩下枣树年复一年地守着故园。如果当年种植枣树的老人突然回来了，举目望着空寂无人的小院零落一地的枣花，又该有多么心酸啊。然而，这有什么法子呢？生活就是这样，永恒的只有花开花谢的定律。

麻纸的光阴

不要奢望枣花永远灿然在枝头吧，虽然五月里跳跃出枝头的米黄碎花，即使再无审美情趣的人也难不加理会，但花落时更有一种甜美在酝酿中。祖先看待枣树对果实的需求也许远要比对枣花的需求执意得多。唯我不同，花开时，我不觉得枣枝的料峭狰狞，反被满树的米黄感动好一阵子；而花谢时，枣树仅有的一抹亮色也凋零了，没有花的枣树除了叶子尚可嫣润外，又有多少秀色可餐呢？

小时候，每当榆钱儿缀满榆树时，母亲总要去邻家讨一点儿榆钱回来给我们蒸榆钱面吃，风味别具的面食会让我们回味很久。我问母亲，榆钱面好吃，枣花面也好吃吧？你看院里那么多枣花都白白浪费了。母亲凝望着一地落英说，傻孩子，枣花是枣娘娘，她谢了就该结枣子了。母亲的解释似是而非，至今我仍觉得不是理由。

当我小心翼翼地避开枣花轻走几步，突然觉得脚下有种东西在呻吟，我知道那一定是枣花了。兀自怀疑起自己回乡的动机来，一路风尘仆仆就为了踩躏一地花神吗？而我仍觉得在老宅的后人里，我是唯一一个还能想起枣花的人，只是枣花淡漠了我为她倾注的一往情深，她选择在一个万木峥嵘的季节，由绚烂走向

落枣花

消逝。或者她希望命运的彩排是在不经意间完成，不需要任何掌声和喝彩；或者一生只在黯然中度过，又不觉得这样的安排是一种缺憾和错失。在生生不息的兴衰轮回中，阔达地送走昨天，这样的过程难道不需要纪念吗？

我不忍心看一地枣花在泥地里终老残黄，我不忍心用眼睛触碰这些把一生凝缩在倏忽之间的花神。抚弄一头斑白，我经常为来日苦短嗟叹神伤，可能只有枣花，也只能是枣花这样大度，这样安之若素，我学是学不来的。

我把枣花收拾在一个残破的花盆里。黄花已略显萎靡，缺少了原有的光泽，我期待她们在花盆里能够孕育出第二春，如同我永无止境的欲望一样。

麻纸的光阴

乡间的院落大都是土筑的，光阴洒落在堂屋与厢房之间纠结成太极图一样的蛛网，每一排屋檐下黑色的椽头，无一例外地裂着放射状的口子，檐下的燕巢旧了，却有新鲜的燕子飞进飞出，呢喃着寄人篱下的细语。再往下看，一定是方格木棂的晴窗了，晴窗上糊有上一年的麻纸，已显陈旧，倒是色泽淡红的剪纸还透着过年的气息。

这是三十年前，或者二十年前的乡村。这时的老人已近暮年，穿戴仍旧是老旧的样式，斜襟马褂，满裆裤子，裤脚用粗一点的猴皮筋扎紧。老人起床后的第一件事不是倒尿盆，而是扫院子。院子不大，但老人清扫的区域令人疑惑，他只扫东半边，西半边似乎不归他管，从南房檐下的井台扫起，扫过石板拼砌的罗柜，扫过蒸麻的锅灶，扫过街门口的碾槽，然后放下竹编的扫帚，从内衣兜里摸出一把半尺长的铁钥匙，打开东厢房的木门，

麻纸的光阴

一股麻纸的霉味儿像一群淘气的小猫小狗争先恐后地从屋里拥出来,在院子里打滚儿撒欢儿,爬墙上壁为所欲为。那是老人喜欢的味道,你不想闻也得闻,旁人没有话语权。接下来差不多整整一个上午,老人就待在破破烂烂的厢房里不出来,外人不知道他在做什么,只有他的儿子清楚,但他儿子明显对他的行为有所抵触,他不屑地跟外人说,管他呢,七窍迷了一窍,就知道那堆废纸了。也是的,老人能做什么呢,腿不灵便了,手不灵便了,只有心事沉甸甸的,放不下,放不下就只好日复一日地捣鼓那些破烂,无非是摊晾一堆无人问津、逐渐霉变的白麻纸,无非是用清水洗涤那些被称作捏尺、竹帘、闷楞架、夹壁板、和尚斗、洗麻圪朵、搅涵圪朵、依托板子之类的制麻工具。深陷地底的涵池里没有纸浆,挤压麻纸的大油子和小油子被长久搁置在角落里,除了一个忙碌的老人,一切都在尘封的拥挤的寂寞中。

其实,麻纸早在三十多年前就不那么珍贵了,而且开始逐渐贬值,到了二十多年前,几乎就成累赘了,村民新修的房子装潢材料选择的是大尺寸的玻璃,顶棚也不再用黑麻纸裱糊,而改作PVC或石膏板,类似老人开的纸坊原来在村里还有好几家,因为没有了销路,一家挨着一家关门歇业了,按讣告上的话说就是寿

麻纸的光阴

终正寝。

老人的幻觉似乎就是从这时开始的,他一天到晚耳根都不能清净下来,总听到别人家的纸坊又在洗麻了,又在碾麻了,又在搅涵了,又在抄纸了,只有他家的纸坊打着瞌睡,呼噜声比猫都响。几天前,儿子把搅涵圪朵往涵池里一丢,头也不回地走了,说要进城去打工,老人急也没办法,脚长在人家腿上,你又不能把五大三粗的儿子捆在纸坊里。儿子是纸坊的大师傅,专门负责搅涵和抄纸,大师傅一走,等于唱戏缺了须生,锣鼓点再紧凑,也不成戏了。雇来馏麻搅涵的二师傅也因为涨工钱的事儿闹开了别扭,几句话不合,拍打着屁股走人了,只剩下赶毛驴碾麻的瘸子。瘸子没别的手艺,本想靠老人的纸坊养老,偏偏事与愿违,临走的时候还依依不舍地嘱咐老人,啥时候开工,喊他一声。

只有老人孤独地照看他的纸坊,一遍遍地用抹布擦洗着已经从门头摘下来的牌匾。老人是文盲,斗大的字不识一筐,但他认得牌匾上的字——德和园,这个名字还是村里一个秀才给起的,花去他们家一斗麦子,外加五块白洋呢。老人摩挲着阴刻在黑底红木上的金字,想象着当初德和园的兴盛,恍然觉得时光倒流了。

他看见一个精瘦精瘦的小男孩在碾坊里吆喝着一头毛驴,毛驴拉着扁圆的石碾,恒久地围着碾槽旋转着,有时碾干麻,有时

麻纸的光阴

碾蒸熟后的麻浆。赶碾的孩子别看鼻子下还拖着两股清鼻涕，挺着肚子唱赶碾歌却一点儿都不含糊——南面来了一个人，头上罩的是红手巾，上身外套个毛背心，下身穿的是灯芯绒，走起路来挺带劲。

老人的纸坊占用了东厢房，除此之外还占用了这个院子的一半，说是一半，其实比一半还多，因为提水的井台正好位于院子中轴线的偏西一侧。这在早年纸坊红火的时候根本不算个事儿，但到了纸坊关门以后就算个事儿了，儿子不能说什么，儿媳妇跟老人没有血缘关系，自然说话比较直接，她首先提议要老人同意把那口井填掉，说自来水都通进厨房了，留那口井干啥？孩子淘气，万一哪天不小心滑进去怎么办？老人不吭声，不吭声就是不同意，不同意就是没把孙子的安危放在心上。从此儿媳妇怎么看那口水井都觉得是个祸害。

老人晚上睡不着，听见纸坊里有动静，趿拉了鞋儿趴在东厢房的窗台上用手电往里照，黑咕隆咚的什么也看不清，就找钥匙开了门，一只硕大的老鼠从麻纸垛里窜出来，踩着老人的脚面跑掉了。老鼠能有多大分量呢？可老人被它踩疼了，踩得心里往外直冒血，他心疼所有没卖出去的麻纸，借着灯光一页一页翻检着，

麻纸的光阴

想把老鼠啃坏的麻纸挑拣出来。老人没卖掉的麻纸足足如一座小山,他一个人又怎么能够在昏黄的灯光下一页一页翻检得完呢?

麻纸在老人粗糙的指头捻弄下无声地翻动着,一刀麻纸是一百张,在小屋里有无数刀这样的麻纸整整齐齐地摞着,要知道,每一页经纬交错的麻纸都是从最初的破麻开始,经历了浸泡、沤染、蒸馏、碾浆、搅涵、抄纸等等十几道工序才最终成型。而每一道工序如果针对人的话,都是万劫不复的灭顶之灾,庆幸这些麻质纤维没有呻吟和眼泪吧,假使有,单单那被压榨出的眼泪,足可以流淌成另一条溥沱河。这种职业贯穿了老人的少年、青年和中年,还有一半的老年,他对蹂躏麻浆有了不一样的感悟,换句话说他在搅浆抄纸的时候会有一种莫名的快感。老人的指法灵动而熟稔,熟练到类似钢琴家在弹奏钢琴,那些有明显毛边的麻纸在他的翻动下唰唰地卷上去,卷走了许多个新鲜的岁月。老人仿佛又回到纸坊门庭若市的当初了,那时德和园的麻纸在晋北或者更远的内蒙古、陕西都是响当当的名牌,任意一张麻纸都禁得住反复揉搓上百次,而且极随意地忽略掉时间的腐蚀,据说可以千年不腐。毕竟现在不比从前,德和园的麻纸像一个被大人冷落掉的小孩儿,万般委屈地流连在那些本不该稚嫩的纸张上,在狭小的纸坊里形成令人窒息的气场。

麻纸的光阴

纸坊总共就三间平房,没有铺瓦,橡檩都是极易虫蛀的白杨木。在纸坊正常运作的时候,除了儿子外,老人还雇了两个工人,一个提水蒸麻,一个碾麻搅涵。前一个四肢健全,头脑简单,每到月底就嚷嚷着涨工钱;后一个是个瘸子,瘸子没别的盼头,只希望纸坊能替他养老。工钱好涨,涨多涨少而已,养老谈何容易?但老人对这些事情都不发愁,只要麻纸有很好的销路,一切都不成问题。

现在,老人算是死心了。

孙子一点点地大起来,大到能够脱离大人怀抱的时候,老人枯寂的眼神里透出一缕不易觉察的光芒,他主动与儿媳妇套近乎,目的是为了带带孙子。说来也怪,年幼的孙子在母亲怀里、在父亲怀里扭来扭去都不省心,偏偏见了爷爷,乖得像一只小猫。老人一只手攥着孙子的小手,一只手反剪背后,握着一根二尺长的烟杆,走走停停,停停走走,在院子里,在胡同口慢慢打发着日子。似乎从那时起,他的注意力稍稍从纸坊上面移开了,但每天起床的第一件事依然是清扫院子,依然只清扫一半院子,只是不经常打开东厢房进去整理那些麻纸器物了。

在儿子眼里,老人的变化是蛮大的,但在儿媳妇眼里,老人

麻纸的光阴

还是原来那个犟老头，不通人情，油盐不进。

二十年后或者三十年后，老人早已安静地沉睡在幽暗的祖坟里。当年的孙子已经长大，他透过一页仅存的麻纸，再次回望那个驼背的胡须上粘连清涕的执拗老头儿时，恍然看到一个孤傲的身影倒映在薄如蝉翼的麻纸上，无声无息。

透过那一页麻纸，年轻人还看到岁月从日升到日落的全过程，并知道当初仓颉在龟甲和兽骨上记录文字时是怎样一种无奈和彷徨的表情。以甲骨占卜吉凶，卜辞浪迹殷商270余年，尔后这种雕刻文字的方式被另一些竹帛、金石等平面载体所取代，"以其所书于竹帛、镂于金石、琢于槃盂，传遗后世子孙者知之"。这是墨子思想流传后世的文本参照，远古文明有赖于这些材料得以流传后世。而他的爷爷和他爷爷的祖先们，从被称作涵池的纸槽里抄捞出濡湿的麻纸，又从根本上颠覆了前人业已形成的所有文字记载的形式和方式，他们既是毁灭者，又是缔造者。他不知道一页纸的光阴究竟有多长，但他知道这一页纸背后记录了厚厚一沓断代文化的传统旧事。旧事里的主角不一定是人，不一定是事，但一定与这一页单薄泛黄的纸张有关，或者也是人，也是事，是一些关乎麻纸的人和事。

麻纸的光阴

他记得爷爷不止一次地给他讲述一些他闻所未闻的陈年往事,说村里造纸最兴盛时期,除了他家的德和园外,还有德升恒、德太元、德兴裕、德和成等纸坊,家家都有三个涵池,一口水井,一个碾坊,另外还有雇工七八个;纸坊里无一例外供有祖师爷蔡伦的牌位,两边的对联是"汉朝科甲第,清封玉亭侯"。每年秋季,纸坊要雇人下井去淘洗井底,临下井前要燃香焚纸供奉井神柳毅。但纸坊内地位最低的却是提水工,提水工吃的是力气饭,一手摇辘轳把,一手摆弄着井绳,以防水斗碰到井帮。一斗水提出井口,不能淋洒在地上,要依次泼向涵池的四个石帮,如果有一个石帮未泼到,就要受抄纸师傅的训斥……

老人走后,东厢房拆了,片瓦不留,北屋也经过了翻修,由原来的土屋变成混凝土建筑,高大明净的玻璃窗取代了纤维明朗的麻纸,而街门口那盘石碾却依旧卧在那里,只是稍微挪了挪地方。当年的儿子,也一步步迈向老年,他经常蹲在原来的纸坊旧址上,吸一袋旱烟,眯缝着眼看天色、看流云、看房顶上持久不散的炊烟。

蕴藉典范的河流

在春暖花开的季节,在山西北部一条几乎废弃的河道上,我茫然不知所措。

一

2012年春天,我循着滹沱河的河道一路曲曲弯弯地向东南行走,试图寻找一条盛名卓著的河流消失掉的原因。说起来,在滹沱河堤上寻找河水,应该是件极浪漫的事情,然而美人如花隔云端,偏偏是看见方吐新绿的柳了,看见苍翠嫣润的草了,就是看不见真正的河水。也许是春天来迟了,娇柔的河水尚在冰层下面蛰伏?今年的节令有点反常,倒春寒来了又走,走了又来,直到四月,方显出一派盎然春意。

忽见陌头杨柳色——那是滹沱河北岸的一簇新柳,岸柳和

蕴藉典范的河流

风,如美人卷珠帘,一抹青绿跃上枝头,不经意间春天的油彩已浸染到河堤的细节里去了。站在依依垂柳下翘首望去,真想看到河柳后面有一条缎带一样滑冽的大河。只是我看到的是一段斜伸进河床里的堤坝。就外观而言,这样的堤坝并不美观,但铁丝、石头,以及编结防洪堤的无数双长茧的手,一定程度上遏制着河神的野性和暴戾。要知道凌汛、决堤、黄泛区,那些名词屡屡出现在中国五千年历史的页码中,人类之初,即有大禹,后来又有李冰和白起。想起那些勤于治水的古人,穿着木屐或芒鞋,走过岷江,蹚过黄河,涉过洛水,三过家门而不入,他们是否也莅临过我脚下的滹沱河?滹沱河显然是知道的,只是她不说。

泰戏山的成名一定因其是一条河水的源头。据《山海经》记载:"……泰戏之山,无草木,多金玉。……虖沱之水出焉,而东流注于溇水。"品字泉即为滹沱之源,西流由北台之阴,诸溪竟注……

一条奔流不息数万年的大河可能从地质纪年之初,就预知了它的博大和沧桑,博大是基于自身蕴藏的富庶与孕育苍生的覆被,沧桑是建立在不舍昼夜的流转与日渐苍老的水流喧响。这条曾被古人称作恶池、厚池或呼沦水的大河,最终被司马迁确定为滹沱。

麻纸的光阴

激波飞漱,流水沄沄,这是滹沱河的魅力之源。

"过了长江与大河,横流数仞绝滹沱。"文天祥当年咏叹滹沱河时,所处的位置可能是时间的上游,他不知道这条河流日后会创造怎样的秘密和传奇。"始信滹沱冰合事,世间兴废不由人。"这仍然是文天祥的诗句,他把思想的精髓融入滹沱河的浪花里,随着河水激荡,渐渐流出我们的视线。

在山西北部,有一片幅员广阔的冲积层,地势相对平坦,被周边高耸的五台山、恒山、系舟山系层层包裹着,面积约为两千一百五十七平方公里,人们把这里称作忻定盆地。滹沱河就像主动脉一样,在忻定盆地内一会儿直行,一会儿弯曲,游刃有余,为沿岸百姓的繁衍生息与丰衣足食,提供着源源不断的血液与养分。在定襄和五台县,滹沱河更像一条母亲河,她流淌着的乳汁不仅滋润着沿途富饶的土地,而且养育了无数勤劳勇敢的优秀儿女。

当河水冲出原平地界后,忽然折向东流,一南一北两架大山切割了忻定盆地几乎一半的面积,形成另一个别具特色的小天地,系舟在南,龙虎在北,滹沱横贯东西。它是这样合乎规范,又是这样顺应自然,似乎它的形成与发展,都源于造物主充满哲

蕴藉典范的河流

理的安排。

这一段河道显得尤为曲折,其间注入数条支流,云中河、牧马河、同河、茛河、清水河……从高空俯视,极像一管羽轴两侧斜生无数羽支的羽毛。有河水流过的地方必定会有人类生存的足迹,于是沿河两岸的村庄密密麻麻,鸡犬相闻,随意探访哪一个村庄的历史都是一段古老的传奇。这里的村庄古拙苍郁,这里的城镇物阜文萃,这里的山峦怪诞突兀,即使正本清源的地方志都弥漫着神话的韵味。在古人眼里,这样的地形地貌一定是风调雨顺的形胜之地了。

一路东行的河水流经定襄县汤头村附近,河面骤宽,站在防洪堤上向北眺望是钢青色的凤凰山。凤凰山前还有两座小山——象山、龙头山拱卫其侧,三山围拢回一个渐次倾斜的缓坡立地,论形状,极似一把天然的罗圈椅。山环合拥,一水相傍,而滹沱河南岸的伏虎山俨然是一具雕花饰锦的文案,镶嵌了那条玉带一样的长河……如是的自然景观在下游的蒋村、河边、东冶,乃至大半个忻定盆地上几乎随处可见,山环水合的气场无处不在。

20世纪80年代,定襄县西社村有个农民,在村子东头的坡地上发现一堆残缺的石器、骨器和陶器。这个发现把忻定盆地滹

麻纸的光阴

沱河流域的文明史,推向了四千年前,应该说四千余年的文明史和后来才俊辈出的人文景观是密不可分的。我们在激浊扬清的岁月长河里探寻历史,那些睿智而骁勇的先贤,透过晓风岸柳的村烟正与我们隔河相望。这边是城市的灯火阑珊,那边是乡村的风云际会,渐行渐远的先民们把平淡无奇的生活经营得风生水起。

历史学家在考证定襄与五台县的渊源时,一再提及春秋二字。应该说这个地方有文字记载的历史就在春秋时期——那是一个极其遥远的年代,祖先们脚着芒鞋,吟唱着古老而又质朴的歌谣,在河流与阡陌上辛勤地奔走,他们用纯粹的歌谣抒发对家园的挚爱。

"豫让者,晋人也。"两千多年前,司马迁为春秋刺客作传时就是这么开的头。一个藏身于滹沱河北柏树岭(漆郎山)上的勇士豫让,至今令这座不知名的蕞尔小山显出非一般的神韵,并让"士为知己者死"成为一句千古名言。豫让离我们实在太远了,那么曾在滹沱河南岸的神山古刹读过圣贤书的元好问呢?"平地孤峰屹一拳,伊谁建寺在危巅;金身入梦基初立,白马驮经刹始安。"——这是元好问眼中的神山(又名遗山),金身托梦、白马驮经的传说令号称北方文雄的元好问思绪如潮、浮想联

蕴藉典范的河流

翩。他分不清古老的殿宇究竟源于刘汉,抑或是李唐,而他山前叩问缁衣老者的事情,也倏忽过去了八百年,八百年后的神山古刹仅剩一尊三级魁星塔了。

二

2012年春天,我独自行走在的滹沱河的堤岸上。天色不是很清朗,没有风,河道与天衔接处凝结着一片雾霾。靠近岸边,大面积的河槽已被附近的村民开垦成广袤的良田,春耕秋收,无须浇灌。有的地方虽未下犁,但上一年发沤的庄稼秆儿依然赖着不走;有的地方垄沟井然,并且铺满地膜。人类的智慧是无穷的,人类的触角无处不在,勤劳善良拙朴而又寸土必争的农民,把地膜覆盖的技术也推广到河滩里了。自神农氏"制耒耜,教民劳作"以来,人们围湖造田,填海筑地,有经验,也有教训。只是不知道一场洪水过后,这种单纯的辛苦与收获,会不会付诸东流?

但那一条让我梦魂萦绕的大河呢?

在今天看来,滹沱河的水位似乎越来越浅了,水道也越来越窄,裸露在外的河床种植了玉米和向日葵,春耕夏耘秋收,延

麻纸的光阴

续着农耕文化最具经典的操作流程。然而,当我们溯流历史,拜谒百余年前发生在长河两岸的流风遗韵,或许那些涛奔浪逐、汹流激波、百川灌河、青蒿漫溯的故事又将漫漶了这条有着五百八十七公里流长的大河河面。

同河是滹沱河的一条支流。同河河道不宽,水流不急,较之于滹沱河显然逊色许多,但二者有着殊途同归的命运。在两河合二为一的交叉点上,会有一种很奇特的景象出现,一股清澈的细流与一股混浊的黄汤交融在一起。黄汤的厚重感是不容篡改的,于是清流消失了,黄水有了气势,有了浪花跳跃的声音和节奏,涓涓流淌的同河水在这里结束了它所有的使命。

三

一泓积水,幽静而凄清。它不属于河流的分支,当然也没有灵动的蝌蚪和游鱼。我疑心是滹沱河的地下水。去冬的大雪,厚是厚了点,也不至于会融化成潭,而且是这种幽潭。在护堤两侧,这样宁静的水洼时断时续,随处可见。有时你会深深沉浸在积水的清寒里,被一种隐隐的林下之气所震慑,心想它们一定是有灵性的,有了灵性才净若青铜;有了灵性才不波不溢不漫不

蕴藉典范的河流

恣。有可能的话，就让这片水域无限度放大，直至漫上我们心灵的堤坝。那么，我们世故的灵魂或许会变得单纯而简约，洗练而旷达。

荀子说："玉在山而草木润，渊生珠而涯不枯。"滹沱河从来都不乏人杰地灵的特性，它的河水澹澹，它的远奥高古，它的飘逸灵动，它的蕴藉儒雅，即使一个素昧平生的路人，只要沿着河岸走一走，也会切身感受到这种意境和风采。

仁者乐山，智者乐水，浑浊的滹沱河却韵致绵长，融贯古今。就是这条肩负着神圣使命的长河，为流域内的苍生带来农耕文化持久的繁荣。今天的河岸较之过去高出河床许多，但岸边栖居的人们从未敢俯视和小觑脚下的河水。

四

那应该是挖沙人从河底刨出的一截枯木，已经很难辨认枯树的年轮以及它沉沦于沙底的确切年份了。但我相信，无言的朽木一定见证过一段历史，见证过那个时候的沧桑世态、风土人情，一定是"野旷天低树，江清月近人"吧？树与水完全可以结构出

麻纸的光阴

最美的诗句,那种独特的意境美,既绰约又朦胧,只是诗留在了唐朝,枯木留给了后人。然后,我看到了葵花秆,冷硬的葵花秆如戈如戟如篱笆一样排列于河谷间。向日葵在凡·高的调色盘里显得恣肆绚烂,我们是无法复制大师作品背后的思想和精神境界的。不过在春天的河滩里,在精瘦精瘦的葵花秆上悄然伫立着这么一只小鸟,它凝神远瞩,若有所思,乐山呢?乐水呢?试想,在空阔的河地里,一只喜鹊几近于一个渺茫的逗点,唯那倨傲孤寒的气度,直令浑浑噩噩的世人喟叹矣,汗颜矣!

树也罢,鸟也罢,其实我是专程来看河的,在我眼睛里并不缺枯树和荒原。我兴冲冲地撇开城市林立的楼盘和滚滚车流来寻找大河的洪波浊浪,抑或是一水绕绿。而滹沱河已荡漾在历史的烟尘里了,漫漶成《水经注》一样久远的记忆。这条有着五百八十七公里流长的累累盛名的大河,不知在春天莅临的时候却淘气地藏进哪一堆河沙里。

"它不像水在流动,是一大块深褐色的土地在整个地蠕动。看不见飞溅的明亮的水花,是千千万万匹野兽弓起了脊背在飞奔。由于飞奔,它们一伸一缩的身躯拉长了多少倍,形成了异常宽广的和谐的节奏。滹沱河分成了明显的上下两部分。下面是凝

蕴藉典范的河流

重的水的大地,上面是飞奔的密密匝匝一色的野兽,它们仿佛空悬地飞奔在水的大地上……"这是当代著名诗人牛汉先生描述滹沱河的一段文字。

滹沱河对很多人来说是陌生的,陌生的不单单是河流本身,就连它名字的读音都无法准确把握。最早把滹沱河推向世界的,应该就是牛汉。诗人以其饱蘸深情的笔触,创作了著名散文《滹沱河和我》,童年记忆里的河流循着苍老的河道时断时续,如泣如诉。在他眼里,滹沱河是他的本命河,正如诗人艾青把"大堰河"比作保姆一样。大河在枯水期尽管只是一片"灰灰的沙滩,无知无觉地躺在那里,除去沙土之外,尽是大大小小的石头";但在水涨的时候,忽然变成了千千万万匹野兽,无情地践踏着脚下的土地。

牛汉是敏感的,他用密密麻麻的方块汉字不停地写意他心中逸兴遄飞的大河。以至于离开家乡几十年,每每提及家乡的事情他首先想到的就是这一条河:"几十年来,每当濒于绝望时,我常常被它的呼吼声惊醒过来。"

那是怎样一条狂放不羁振聋发聩的大河呀!今天的人们面对这一条干涸的河流,总觉得河岸上仍站着一个落寞少年,少年眼

麻纸的光阴

里布满了对自然的敬畏和震撼。滹沱河因牛汉的文字而充满无尽的诗意，牛汉的作品也因滹沱河而更具艺术的感染力。

牛汉的童年其实是两本很有趣的书，一本叫《滹沱河和我》，另一本叫《童年牧歌》，不过二者仅仅是个很抽象的标题。晚年的牛汉经常捧着这两本书回味往昔，他依稀记得母亲坐在布满阳光的麦秸上，敞开胸襟给他喂奶；等到枣子红透时，牛汉长高了一点，他举起竹竿，威风凛凛地站在树下听候发令，他最难忘的是千百颗光芒四射的红枣落在祖母和母亲身上后，又四下里溅射着；每到清风明月的夜晚，父亲扛着人形的"天官"风筝，他抱着牵引风筝的麻绳去五道庙前放风筝，海琴伴着风筝在夜空中嗡嗡歌唱，一颗童心也在星月间尽情放逐。牛汉喜欢用模子拓泥人，最远的一次是他只身前往四十里外的文山脚下，把阎家祖坟的石雕用黄泥拓了回来，然后摆放在自家东屋里；牛汉离家后，祖母不让任何人动那些泥塑，说等牛汉回到家看见没有了，会伤心的……

定襄西关村是牛汉的祖籍，由于地形的高低起伏，西关村又分为上西关和下西关，牛汉的老宅就坐落在下西关。上西关人多以务农为生，下西关人多以屠宰牲口为业，当地流传一句很毒辣的顺口溜——走进上西关，一半牲口一半人；一到下西关，只见

蕴藉典范的河流

牲口不见人。这句顺口溜一是点明下西关人的职业,二是道破下西关人的个性。每年春三月,西关村总要开一次骡马大会,外乡人来到西关的地盘做买卖,总是矮人一头,他们怕的就是下西关人的火爆脾气:人们常说下西关的宰牛刀比人都多……

牛汉的脾气也火爆,但牛汉是讲道理的。牛汉讲了一辈子道理,他把道理一撇一捺地赋予了诗意,赋予了荒凉彪悍的血气,赋予了厚重顽强的底蕴。他硬朗的诗风穿透了滹沱河厚实的阴霾,如同号角一样久久回荡在中国的大地上。

"汗血是汗血马的专利,血管与汗腺相通,浑身蒸腾出彤云似的血气,直到流尽最后一滴血,它的筋骨还能飞奔一千里"……这是诗人牛汉在尽情写意一匹思想中的汗血马。诗人以遒劲奔放的笔墨盛赞汗血马的同时,不知不觉地把自己也写了进去,悲壮而奇美。

听老人们说,过去的滹沱河水经常满溢过堤岸,居住在岸边的村庄被大水淹没的事情时有发生。河水的亲和力在滋生灾难的同时,也塑造了大河子孙坚强不屈的个性和灵魂。

麻纸的光阴

五

　　一株衰草惆怅在春光里,显得那么不协调,它周围的植物有的开始返青,有的已经返青。苦菜的俗名是苦苣菜或苦麻菜,属菊科多年生草本植物,叶呈披针形或椭圆形,汁液丰富,味涩而清香,微火煸熟后佐以椒盐油醋,可以凉拌成一道纯天然的美味。春深时节,在滹沱河边上多有妇女拎篮提兜来采撷,常常因为划地不均而生些口角……

　　不过,苦菜又与我何干?我不是来拈花惹草的,江南有莺飞草长的如歌四月,塞外有天苍苍野茫茫,风吹草低见牛羊的自然美景,家门口的滹沱河呢?我努力地呼吸着那股若有若无的略带鱼腥味的河风,难道是我走错了地方?滹沱河涣涣的河水哪儿去了?或许是我所处的季节不对。

　　涛奔浪逐,汹流激波,百川灌河,青蒿漫溯都曾是发生在阳光下的故事……几叶轻舟,河流宛转,三秋桂子,十里艳荷……还有古渡之上,庄周拖着长长的博带,俯视河里的游鱼,说:"鲦鱼出游从容,是鱼之乐也。"

　　千载之后,滹沱河似乎只剩下漫空的风声或许还能模拟出当

蕴藉典范的河流

年滔天水响……

六

那是什么?你们看那是什么?那不就是我梦魂萦绕的母亲河吗?不就是我心中奔涌已久的大河吗?冰冷的体温,润滑的肌肤,柔顺而舒展,蛇形西来,蜿蜒东去……不朽的潦沱河啊,我陌生于你现在的样子,就像陌生于你的过去一样。你现在的容颜一定比从前苍老了许多,也清瘦了许多。宽不足七八米的河水纠集上游的泥沙,擦着南岸翻浆而过。听得见你内心无以言表的焦灼,看得到你表情深处的困顿和落寞。曾经的大河不是这样子的,那时的河水喧嚣着昂扬不羁的气势,会灌满整个河床,一不小心就会漫过大堤,直达岸北的前营、后营、高村等地,水满为患啊!

浮云一别后,流水十年间,恰如人生的河水,盈亦是河,亏亦是河。

隔河,有位老农在犁田。俨然一幅精致的水墨,老农,毛驴,一副古旧的犁铧,在河那边走来走去。河水不停地流转,泥沙沉积的河床成为等待播种的田野。这个在大河胸脯上犁地的农民是如此执着,在他身后有葳郁的护堤柳,还有五味杂陈的寻常

麻纸的光阴

生活。这种静谧的田园式的氛围,竟让我怦然心动。当这个老农还穿开裆裤沿河堤疯跑的时候,滹沱河水天一线的风景一定令他产生过莫大的悸动,而且是心灵的一次震撼与洗礼。那时,河水从春一直泛滥过秋,涨水时人们想起大禹,落水时又把大禹丢在脑后。不知从什么时候起,滹沱河开始学会了冬眠,初冬到来年暮春,将近一半的节令里,她深居闺帷,足不出户,即使暴雨如注的溽暑时节,流量仍不足河床的十分之一。滹沱河是病后捧心的美人西子,还是愁损春山的淑女王嫱?我看不出她的绰约风姿,只知道她是一条枯河。

我站在河流的拐弯处,眺望不远处那座即将被拆除的、建于 20 世纪 70 年代的水泥大桥,忽然生出一片怅然。如果倒溯几十年,每到春汛时节,恣肆的河水汹涌而下,北岸的村民想要进城,要么绕道很远很远的济胜桥,要么就等待摆渡人背着过河。光阴荏苒,人事皆非,那种摸着石头过河的感觉不复再有……

不管怎么说,毕竟滹沱河曾有过骄人的风光,谁都无法否认她孕育出一辈又一辈的菁华俊杰。在大河子孙们的血管里,始终澎湃着滹沱河磅礴激昂的气势与无所畏惧的神勇,继往开来,生生不息……所以说,不同的地域文化滋养不同的人文精神。

蕴藉典范的河流

滹沱河从繁峙县泰戏山出发,曲曲折折流到这里,时间已辗转了数千年。或晓风残月,或小桥流水,千载光阴倏忽至此,其间的故事,可以联袂成一部史诗。而在这部史诗中,究竟还隐藏着多少不为人知的秘密呢?

右玉二题

一 苍头河

杀虎口的土城墙已被簇新的青砖包裹起来。在青砖下面蛰伏了上百年甚至近千年的鼎盛繁华，在任何一个晴朗的秋日、任意一个阴霾的冬天都会上升到一种恬淡的高度。而杀虎口的城墙根下，有着截然不同的颜色，向阳的一面被现代的方砖和水泥拼砌出坦荡如砥的甬道、草圃和楚河汉界胶着的一局和棋，这是一张属于山西右玉县的旅游名片。而向阴的一面仍然被时尚冷落，山村的禾栅在敷有薄霜的麦场上起起伏伏，那已是内蒙古和林格尔的地界了。

杀虎口往东是绵延不绝的明代土长城，一直连缀着遥远的山海关。明时，甚至更加久远时期的冷兵器在每一座烽、每一墩燧、每一尊堠上定格、固化。

右玉二题

杀虎口往西仍是起伏跌宕的古长城,这是中国万里长城的一部分。而就在这道纯粹黄土堆砌的长城脚下,千百年来流淌着一条南北走向的小河,我清楚地记得它的名字叫苍头河。

我深知我来的不是时候。苍头河绚烂的秋色静候我很久了,在每一座保存完整的古堡里,都为我遍插婆娑的沙棘枝,都为我摇曳碎叶如铃的小老杨。而我却姗姗来迟,直到"衡阳雁去无留意"的时候,才匆匆推开右玉那扇木制的柴扉。它的门楼竟然是杀虎口敦厚的老城墙,那是怎样的雄浑和滞重啊。曾经贸易"鳞集星萃,街市纷纭"的杀虎口,卸下一扇又一扇钱庄、货栈、车马铺的柏木门板,高挑的杏黄色的幌子在冷风里飘飘荡荡。那么多的南商北贾,那么动听的驼铃与生意腔,都在苍头河上如潮水般涌动。甚至那种喧嚣早已穿越杀虎口的城墙,飞向漠外的归化城和包头城,甚至那种人为的浮躁跨过简陋的通顺桥,在黑青的石板路上,一直颠簸向雁门关……

有一天,祁县一个叫乔贵发的汉子牵一峰骆驼,踏过苍头河结了冰花的河面,从九龙洞内穿过去。不久,一个标志晋商里程碑式的人物开始出现在内蒙古和山西漫长的沙土路上。我曾在祁县乔家宫殿式的庭院内触摸到一种昂扬磅礴的因了,但在那

麻纸的光阴

刻,我苦于找不到这种因子生存的确切空间。直到走进右玉,走近苍头河,我才蓦然惊觉此种因子的最终渊薮。

我是慕名来寻找苍头河的。

苍头河的名字是我偶然听说的,偶然听到之后居然再没忘记。

我试图寻找苍头河的目光陷落在了层层叠叠的沙棘丛里,拔也拔不出来。尽管大片的沙棘林除了点缀有少量的被遗弃掉的小黄果实外,烦琐的碎叶已经凋落,但是,我还是找不见那条奔腾激越的苍头河。

如果往回走,走回七月流火的夏天,我从山西的娘娘滩直接进入了内蒙古的准格尔旗。连绵起伏的大沟大壑上偶尔有树木的零星点缀,简约而不成景致。一辆风尘仆仆的汽车在新修的柏油路上驶过,间隔很长一段时间才有另一辆长途汽车赶来补缺。可能我并没有深入大草原的苍莽腹地,所见的仅是一种自然的另类。

秋天,我看见雁门关的崇山峻岭上,没有随着季节的嬗变而涂满由绿转黄或转红的丹青油彩。终于我相信,那样的山是不长树的,只生些古怪的石头,只生些积雪和古人垒砌的烽火台。站在雁门关下同样是可以极目的,除了几处青灰的村墟外,雁北的

右玉二题

旷野一般是一马平川,干干净净。负重的煤车壅塞了每一条省道或国道,包括它们尖啸的喇叭和几十只轱辘轧过路基的震颤。可能我所处的位置阻碍了更多绿意的铺张和横陈,我应该再往深处去寻觅,寻觅散发草香、树香的草甸和林地。

于是,冬天到了。冬天里,我爬上了右玉的杀虎口。当地的朋友一再提及苍头河的名字。我想我原本就是奔着苍头河来的。这样的名字从来就不拒绝白羊肚手巾,这样的名字从来就离不开车辙般深邃的皱纹,还有老态龙钟,还有暮气沉沉……

原以为站在杀虎口的城墙上,就能一眼俘获那一带清流,而我错了,我没有如想象中那样轻易地捕捉到河水的喧哗和斑斓水色。我是晚来了一步呢,还是苍头河故意隐匿在什么地方,羞答答的不肯出来呢?原以为初冬的苍头河肯定是凋敝的,举目不是流沙就是烟岚,色彩刻板而单一,连同冰封的河床一起潜伏在冷风的羽翼下,康熙大帝的十二连营呼啸掠去,遗落下杂乱的马蹄声和八旗子弟的呐喊;原以为苍头河多不过是一条水流充沛的山溪,溪畔驻足着几处尘封日久的土堡,堡名可以叫作威远堡,也可以叫作平集堡,隔世的"王相卿"或"史大学"们,骑坐在有些跛脚的驼峰上,跨过距离苍头河不远的通顺桥,穿越戒备森严的杀虎口关卡,走向苍茫的大漠深处;原以为这里的天色苍黄,

麻纸的光阴

这里的土色苍黄,这里的白天还需要点亮一盏豆油灯来辨别屋内的柴米油盐……

但是,苍头河呀,我还是找到了你,原来你就藏在那一丛沙棘林里,原来你就匍匐在那一片芦苇荡里。颓尽叶子的你,摇曳着累累沙棘果,凝固成一派橙黄或猩红的云霓。晴空下的十一月的苍头河,矫情在灌木与乔木交织的缝隙里。而站在杀虎口城墙上的我,又怎能从杂树的枝杈间分辨出河流的曲折和流水的缓与急呢?

苍头河呀,原来你是这样绰约妩媚,这样透着月华般的迷离。那一片沙棘丛是你的秀发吧?那一带小老杨是你的珠翠项链吧?那一簇细柳林是你花裙上绣着的彩云边吧?那一排塔状的油松呢?那几株芦苇呢?妩媚的你秀发披肩,丰腴娴静,与其说你是一位温柔多情的少女,不如说你是一匹软软的丝绢逶迤在凋零花瓣的树底。

这是万物凋零的季节,我却疑心自己潜入的不是塞上的右玉,而是属于江南的一处原始丛林,就像缅甸的蒲甘平原,就像巴西的亚马孙。我承认我所生活的城市到处是冷血的水泥建筑和虚伪的华灯霓虹;我承认我家楼门前仅有的一块草皮上也堆满了

右玉二题

日用垃圾。在家乡,同样有一条老而弥坚的衰河,河水已细如蚰蜒,河岸上种植的不是护堤林,而是春种秋收的高秆作物,只要是冬天,河岸会裸露出最本质的肤色。我在那样灌满长风的枯河边,走过了一年又一年。此刻,蓦然面对一条蜿蜒于树底草丛间的河流,我居然萌生出一种难以适应的抵触情绪,苍头河谢却绿意的虬枝,以浩如烟海的形式逐步矫正了我早已定型的审美标准。

苍头河的树种并不纯,油松、沙棘、山榆、箭杆杨,无不在苍头河畔找到适宜栖居的土壤。苍头河是我偶然间遇见的一条浸染着芳草气息的河流,苍头河的树木经纬交错,密不透风,只要随便拐一个弯,你就不可能再回望到来时的路径。世俗的声息一旦落入绵密的树木的纵深,便会支离成一种静止的符号,如一片陨落的叶子,如一块湮灭于泥土的顽石。相信那些生息在树脚的微观世界的生命吧,它们在腐叶的滋养下,惬意地笑得合不拢嘴。如可打一个比方,那么,苍头河就是绿绒毯上绣出的一尾青龙,它的弯曲是呈自然舒展的,倘若有一天它石破天惊,腾空而起,你都无须感觉惊讶。

春天的河水充满了青春式的骚动和少女般缱绻的情愫;只要进入夏天,她会静若窈窕处子,凝立于萋萋蔓草深处,明眸善

麻纸的光阴

睐,"爱而不见";如果是秋天,苍头河成熟了,美艳中略带一点轻佻,而那一点轻佻又刚刚好。

也许只有冬天,只有冬天的苍头河方显大家闺秀的沉静和娟秀。

苍头河边的孩子是幸运的,能够把童年嵌入油画般的风景里。每一棵沙棘树,都可以承载孩子们一段美丽的童话。在沙棘树喷溅出嫩芽时,在它们悬挂起玛瑙似的小黄果、小红果时,欢愉的情绪一直贯穿着沙棘林的整个成长过程。它会忘记曾经寂寞过的冬天,忘记冬天料峭的寒风如同箭镞一样射向落尽叶子的灌木丛。其实,当冰雪覆盖在苍头河上时,沙棘林已将生命的元素收敛起来,隐忍在塞上格外清冷的风影里。假如没有经过冬天历练的沙棘,恐怕在需要激情绽放的时候,会腼腆成一束柔弱的狗尾巴草,即使在夏天也会尽量掩饰绿意的恣肆流淌。所幸,苍头河边的沙棘是久经沙场的勇士。不可否认,在最为困顿的日子里,它仍以蓬勃怒放的姿势,狰狞摇曳在沾满水汽的苍头河畔。

五十多年前的苍头河早被风沙搁置在塞北一隅。没有人相信多少年以后,这里会被绿色覆盖和浸润,那一定是童话中的世界!生活在现实中的人们,很难有超乎平面的思维。当年,杀虎口的贾姓、张姓或是李姓的子弟们,凝望着日益萧条的杀虎口,

右玉二题

想必透出近似绝望的目光吧。杀虎口日进斗银的店铺轰然倒掉了，激起一片呛人的尘埃，平集堡的匾额哗啦一声垮下来，碎成一堆面目可憎的瓦砾……苍头河在不远处肆虐横行，河上的九龙洞坍塌下去，砸断了悦耳的驼铃。那时，整条苍头河在肆虐中缄默着。谁能忍受它吞噬田园后极度亢奋起来的快感和刺激呢？

时光流转，已没有人愿意复述昨天的苍头河了。

可能最初是一只羽翼未丰的鸟，故意将黄喙间一粒树籽掉在了河堤上，经过一个冬天的发酵，经过一个早春的孕育，等到春暖花开时，一蓬沙棘钻出了泥土。那只鸟后来飞走了，很久没有回来，但它相信在它身后会繁衍出一片森林的。可能在它模糊的记忆里，苍头河两岸是贫瘠的，除了水汽一样的风沙在游走，就只剩下袖了双手顶风走路的农民了。那些从杀虎口走出去的人，大多没有回来。晋商乔致庸并没有在苍头河上稍作停留，他入了雁门关，风风光光地回到久别的故里——祁县乔家堡。至于播种在苍头河上的那一株沙棘树，终于结出繁星般碎密的果子——酸是酸了点，却让贫瘠的苍头河看到了新生的希望。这棵飞来的沙棘树似乎天生注定要生活在这里，并且成家立业，生儿育女，繁衍出一个庞大的家族群体。今天的苍头河风情万种地摩挲着沙棘

麻纸的光阴

树的树枝,婀娜地滑过去,全没了当初的野性。其实那些喜欢衔来树籽的鸟儿是有灵性的,一只鸟儿飞走了,又来了另一只,另一只鸟儿衔来了一粒油松籽。以后还有许多只勤谨的鸟儿在右玉湛蓝的天空上飞去来兮……

那只最初在右玉天空上翱翔的飞鸟在撂下一粒树籽后,悄然离去了,沙棘林的针刺上至今仍飘拂着它并不华丽的鸟羽。农家在聆听到百鸟朝歌的那个早晨,距离那只鸟飞走的时间已经很远了。有人淡薄了关于那只鸟的相关追忆。苍头河却尽情地享受着所有鸟儿搭起的木质的新居。沙棘林延伸的范围终于突破了苍头河狭小的领地。我从杀虎口走向苍头河,我从苍头河又走向河畔沉睡着的一座座古堡。我喊不出来更多树木的学名,只是看到了更多我不熟悉的树种。特别是沙棘树,我不知道它们在尚未结果前会不会开花,花开的形状又是怎样玲珑可意。而我知道,苍头河的冬天自从有了沙棘树,就已不再孤寂和无聊。我不可能走遍整个苍头河流域,但我毫不怀疑这一片茂盛的沙棘后面,还有更加茂盛的小老杨。暂时枯萎的叶子随着时令和节气的更迭渐次从树上飘然坠落,在树脚、在河岸上铺成厚厚一层金黄,那一定是燃烧着的价值不菲的金子吧?

正是这一堆又一堆诱人的金子,把苍头河边侍弄树苗的农

右玉二题

民，挤进了树木的荫庇。他们甘心于林下搭建的简陋窝棚，从树隙里窥视太阳和月亮的运行轨迹。不断携带草木清香的风在农家的烟囱上空彷徨，枝与枝摩擦的声音分外动听。那种在山涧里，在少有的山地沟谷才能倾听到的松涛，在苍头河上习以为常。

现在是冬天，现在的苍头河上杂树漫漶了从前的沙丘和荒芜，在塞上普遍缺乏植被的空间，开始流动起烂漫的色彩，而苍头河安详地冬眠在色彩下面。

在充溢草莽气息的苍头河畔，几乎看不到那些20世纪农田基建的斧凿痕迹，土堡里的村民日出而作，日落而息，和善、质朴、随意、悠然。方正的民宅虽不奢华却井然有序，所见的街门都是洞开的，多了几分友善的客套，少了一点儿漠然的戒备。恬淡的男人们站成一排或是一圈儿，晒着永恒的太阳，间或叙述一些切合自身的农事；头戴帽子的女人，则在牛槽或猪圈边忙乎；也有男人或女人在街头站着打扑克的，赢方最终可以赚一棵大白菜，输掉的一方瞥一眼院子里码成垛的白菜，连呼手臭。有个叫徐虎娃的男人，间隔了厚重的时光，在一处叫作威远堡的门洞里不无夸张地说："东衙门院里的灰菜真肥呀，拔了一箩筐，蹭了我满身油渍。"……苍头河边的徐虎娃呀，苍头河任凭你的桑麻

麻纸的光阴

旧话，一味在青枝和绿叶下清点安逸的似水流年。

薄冰下，游弋着一尾色白花青的锦鲤，穿过了颤悠悠的吊桥，穿过了杀虎口新砌的城墙根，向驼铃遁去的归化城游去……我的那些走过口外的先辈们，或许在这样风光旖旎的河湾里濯洗过脚趾间的泥垢。而我却迷倒在苍头河参差披拂的石榴裙底，并为这个枯枝交错的林地和流水不惊的河床，寄予了摇曳多姿的情思。

虽然，初冬的寒气迎面扑来，我的心情却温煦如春。我看到的不是一条简单的河，它是这方水土最具地缘性的缩影。

我沿着河堤一路南行，天空爽朗而清晰，生存在苍头河边的人们，心灵也应该是透明的，即使一张孩子气的笑脸，也一样布满无垢的禅意。置身于苍头河的杂树间，顿觉烂柯隔世之感，倏忽间进入一个童话地带，四面都有朝歌的百鸟和喷涌的花序，静谧流散在树隙里，清冷的气流掺杂着植物独特的味道。苍头河边曾经的孩子们已在额上刻满了皱纹，这样的农民在右玉任意一片松树林子里，都能看到他们忙忙碌碌的身影。千余年前，柳河东认识一个长安城边驼背的种树老人；千余年后，我在苍头河畔看到许许多多勤勉的"郭橐驼"在自家门前的树丛里忙碌，为自己，同时也为后人根植着无垠的福荫。那些农妇们，正在清澈的

右玉二题

河边汲水,剪水的蜻蜓呼扇着薄翼飞过去,水面上倒映着明净的天空。

你知道吗?苍头河上日落之后浸染的是浓得抹也抹不开的植物的色块和岁月的氤氲。

张裕民是右卫"裕盛昌"的最后一任掌柜。在一个飞满火烧云的下午,身着长袍的张裕民伫立在苍头河畔,面对裹挟大量泥沙的河水,仿佛看见自己黯淡没落的前程。他依旧在太阳升起的时候,伴着苍头河水的喧哗,摘下略显破旧的门板;他依旧踌躇满志地沿着那条久经人脚畜蹄磨砺的青黑的石板路,从大同,从太原,从气温濡湿的烟雨江南贩运来新鲜的茶叶、缎匹、瓷器以及各类南货。但,土匪的马啸声不时地从杀虎口的残垣上飘进来;日本人的"三八大盖"最终击碎了他延续"裕盛昌"商号兴旺发达的清秋美梦。不久,沙尘暴再度席卷苍头河,并将河水变得更加混浊,甚至在通顺桥头囤积起厚厚的属于库布齐沙漠的绵密的细沙。茶马古道上的驼铃越飘越远,几近游丝……

不仅仅是张裕民,镌刻在右玉老人们记忆深处的苍头河,从来都是怪诞和反常的。背河人为了生计,在杀虎口附近的河底挖出鱼鳞般的暗坑。不想花钱雇人背河的生意人,在背河人的精

麻纸的光阴

密策划下，失足跌进一个又一个打着漩涡的暗流中，人仰车翻，上等的茶叶，贵重的皮革，赖以养家糊口的银圆莫不付之"北流"。是历史的苍头河馈赠给生意人不尽的辛酸和伤害！

事实上，今天仍然嬉戏在河边的孩子，已不再重复张裕民的失落和迷惘了。他们在九曲十八弯的河套里牧羊，他们在充斥酸溜溜馨香的教室里念书，他们透过密度很大的树隙窥望被切割成不规则块状的蓝天。他们说："苍头河的秋天是凄苦惆怅的，只是没有人留意到她金色炫目的美感。"

苍头河上有一道大弯，是与马营河交汇的地方。在万物争荣的季节，这里是牛马驴羊的天堂。可惜我来的不是时候，枯水期的苍头河静静地蜷伏在草丛里。站在这道大弯的彼岸，远眺苍头河的背景，我发觉那些浓烈的背景图案并不是青瓦白墙的村舍，而是扎成团的柳，挤成堆的杨，排成队的松，野草弥合了杨柳松的空隙。思绪纵使生出一双翅膀，也休想逾越这片黛青色的树障。

从前，那些贴着河帮走西口的汉子，给苍头河留下一串扭曲凌乱的脚印。印胎里长满了蘑菇、地蒜和胡麻秆。谁在河湾里唱歌？歌声散漫而舒展，不是走西口的老调重弹，而是韩湘子八本十六回的右玉道情，携一股空灵的道骨仙风，信手抹去了诸多心

右玉二题

酸和喟叹。

苍头河边矗立着一座又一座古堡,沿河的古堡滞重如千年未醒的梦。没有苍头河的植被,也许右玉的古堡早被风沙掩埋多时。那些不再住人的古堡,或仍然扶摇一缕炊烟的古堡,矜持着俗世的生息和香火,述说着只有苍头河才能解读的梦呓。我又看见了沙棘,那些不屈的,为一条沙河披上绿衣的植物,怎么就屡屡出现在我的视线里?难怪诗人周本立有一个让人油然生敬的夙愿:"我愿化作一束沙棘,守护着人类圣洁的家园……"我想,我最在意的应该不是滋润视觉的禅悦,而是契合心灵的一株树,一棵草,一片蓝天。何况,树已成林,草已成畦,蓝天已开放在右玉人的心底。

那个浸霜的冬日,我在苍头河边迷失了自己,仿佛身边的一枝一叶都被赋予了灵性,都在以互通的语言交流思想,融洽感情。我能够不时地插进一句话来,说明我同样是它们当中的一分子。我听到一个类似那只鸟的故事,其实也不是一个故事,而是"十七个",就是关于这些树、这些草、这条河的一组传奇。我明白了,时下的美景原来不是自然施舍的造化,而是人类修饰自然的一幅风情画。我为那画中的一点一垛、一个泼墨、一段工笔

麻纸的光阴

而感动。故事里的人物有的走远了，变得缥缈，有的仍在林中徜徉，皆可历数。

直到走出苍头河，走出右玉之后，我才豁然开朗，原来我已经找到了苍头河焕发青春的源头。

二　画里右玉

春天，夏天，秋天，还有冬天，四季的右玉是装裱起来的四幅油画。

不拘哪个季节，随意在右玉的威远堡、高家堡，或者梁家油坊外面走一走，都会被油画中浓烈而摇曳的色彩所感染，色彩的遮盖力与透明性也相当充分。

清风在树叶上徜徉，明月在枝条上宛转。

除开季节，若想从某个方位、某个局部入手，是很难把右玉独特的神韵甄别出来的。右玉的绿色是那样广泛，那样富有普遍性，由一片叶子算起，层层叠叠，目光无法洞穿这块厚实的画布。细腻的质感，明与暗的协调，由肌理中透出的属于植物的动感，在整幅画中构成一种质朴的思想。

显然，右玉的绿色不是浅绛山水的水墨勾勒所能皴染出来

右玉二题

的,如兼五彩的水墨也不足以表达右玉的原汁原味。在右玉,炫目的色彩改变着我们惯常的审美标准和欣赏角度。油松、樟子松、落叶松、小叶杨、小青杨、小黑杨,这是右玉绿色最根本的元素。

十多年前,年逾花甲的韩祥买断了靠近马营河的水磨沟一千亩荒沟的使用治理权。十多年后,韩祥种植了六万多株乔灌混合木,昔日荒凉的水磨沟如今已变成林荫蔽天的生态园。水磨沟里有一条五龙泉水,五龙泉水不知流淌多少年了,在它涓涓流淌的漫长岁月里,不知被黄沙掩埋了多少次,我们只知道是最近这几年,泉水才变得清澈起来、甘洌起来。韩祥听见泉水每天都在笑呢,笑声淙淙。

许多人都还记得,从前右玉的风沙是带色儿的,可以把右玉的天空随意染黄,随意染暗。

"一年一场风,从春刮到冬,白天点油灯,黑夜土堵门。"这是最使右玉尴尬的老民谣,民谣传唱了一代又一代,歌声里浸透着无尽的苍凉与无奈。也许从春秋时就有了民谣最初的版本,被"盛乐金陵"的游牧部落在帐篷里悄悄吟唱,到了北齐有个叫高市贵的骠骑大将军,又将风沙弥漫的民谣带进了军营,旋律中

麻纸的光阴

夹杂了兵戈相击的铜音……

在传唱不解风情的民谣的地方,终年席卷着凄厉的大风,当地人称其为骆驼风。骆驼风毫无阻拦地掠过料把山,掠过雷公山,掠过红旗口,也掠过盆儿洼村的大风口,在右玉一千九百六十七平方公里的黄土丘陵地带横冲直撞。那时,右玉的树木是孤立存在的,每一棵树都要单独抵挡来自北方势如破竹的风沙;每一棵树的站姿都在向南倾斜,风过树梢的声音似呜咽,也似呻吟。

右玉老人十有八九都爱看戏,中路梆子,北路梆子,二人台,右玉道情,没有他们不喜欢的,他们不仅爱听爱看还爱唱。右玉有许多黄土夯筑的古堡,许多古堡里都设有古戏台,有的古堡里还不止一座戏台,关帝庙对面有,观音庙对面有,城隍庙对面也有,而最有名的当属马营河村的武圣庙乐楼。平集堡有一年唱大戏,请来的是金兰红的戏班,唱的是全本的《凤仪亭》,青衣花女子扮演貂蝉。杀虎口的居民和商贩早早就提了板凳马扎坐在戏场里等开场锣响,等来等去却等来一场铺天盖地的大风。大风赶跑了观众,吹跑了戏子的顶戴髯口,掀飞了花女子头上的点翠珠花,最后连戏台的房顶子都揭了一半……

右玉二题

右玉县有个牛心乡，牛心乡有个石泡子沟，石泡子沟里有一簇一簇的沙蓬草，还有一阵一阵的卷土风。

有一天，身穿迷彩服的王占峰孑然一身走进了布满碎石的石泡子沟，这之后将近三十年，王占峰就是在这条深沟里度过的，日复一日地种树。三千余亩的沟壑嵌满了他的脚印，后来苍松、青杨、红柳、绿葡萄在他身后交织成一幕郁郁苍苍的大网，不知不觉中他把自己也织了进去。

王占峰在一道沟边自造了一座木板桥，两头搁在对过的树杈上，桥身不长，但王占峰这一走就走了几乎三十年。三十年时光说长也不长，如果从一棵树苗算起，直到它慢慢成材，也不过多长了几米，这样的时间跨度在王占峰看来也就一眨眼的工夫吧，而木板桥上的汉子却已一脸沧桑。桥板不宽，走上去还颤悠悠的，王占峰过桥的姿势很稳，如履平地一般。

石泡子沟是一个人的世外桃源，而这个人并不觉得孤独，他刚刚送走一拨野兔，又迎来几只野鹿。这个人待客的方式挺特别，无非是尽量多给客人栽几棵树而已。林子大了什么鸟都有，这话听起来有些不雅，但王占峰却不这么看，他说狍子呀、黄羊呀、山雉呀，在他的桃花源里都不算是稀客，更多的是树上落满了鸟，啾啾唧唧，叽叽喳喳，有的他连名字都叫不来。主雅客来

麻纸的光阴

勤，石泡子沟因了王占峰而变成了动物王国。

今天的右玉就是一幅苍翠秀润、着色浓重的油画，作画的人意存笔先，墨如泼出。从来没有见过一幅经典的油画是由十多万人用铁锹工笔而成的，偏偏右玉人在无意中打破了这个常规。他们画得随意而饱满，浓淡渗透，相互掩映。你不拘沿着山和公路或是沿着109国道进入右玉，扑面而来的首先就是无边的绿色。滔滔林海，一片连着一片，有间隙的地方可能是一条路，也可能是一个村庄，接着又是无垠的绿。在右玉的绿色中捕捉风情是最容易不过的，古典的，现代的，庄重的，浪漫的，都有绝佳的原型。右玉的绿色会将你牵入一个朦胧的梦境，你灵魂的影子就会在绿色里尽情舞蹈，一招一式仿佛梦里神态。蓦然之间，你又觉得右玉是块巨大的翡翠，是一块从沙尘里打捞出来的无瑕美玉，又用精致的雕刀镂刻出巧夺天工的图案，有着和田玉般的润泽，有着缅甸玉般的透亮。在这样一方达意畅神的美玉前，人人都想做个玉石的鉴赏者。

由于地理或观念的差异，我们置身的乡村和城市大多被太阳笼罩在光环里，只能借助右玉的林荫寻觅诗情画意了。我们在右玉的土地上触摸一棵油松、一棵白杨，或是一棵红柳树时，其

右玉二题

实也是用指尖和掌纹来解构一组轻灵的诗句,可以是"一树春风千万枝,嫩于金色软于丝",也可以是"叶密鸟飞碍,风轻花落迟",还可以是"榆柳荫后檐,桃李罗堂前"。在右玉,不知有多少抽象的诗文不期然地被赋予了鲜活的生命和内容。

一锹之下,方见黄土。三十出头的王占峰在石泡子沟铲下第一锹黄沙土时,绝没有想过三十年后他脚下的黄沙土会化作满眼葱绿。他清楚地记得,那时的风依然很大,旋风从梁上翻下来,卷走了他头上的帽子,他掘坑的姿势有点儿笨拙,这种笨拙的姿势造就了石泡子沟日后的弥山夹谷,铺青叠翠。而当时,在他干裂的嘴唇上嵌着几颗极细微的沙粒,他把一担水分作数瓢浇进鱼鳞坑里。王占峰说,他栽树时右玉的植被已基本恢复了,他没有遇到过昏天黑地的大风把栽好的树苗连根拔起。

杀虎堡、破虎堡、铁山堡、牛心堡……这堡那堡,右玉的许多村庄都被厚重的土围墙包着,形成一座又一座方方正正的土堡。每座土堡里都存在着一个小小的社会,村人世世代代地封闭在土堡的狭小空间里,日出而作日落而息。如果翻看他们的家谱族谱,金字塔一样的家族链并不复杂。这样的土堡让土堡内的老人们充满了抵挡风沙和防御盗寇的优越感。只是在很长一段时间

麻纸的光阴

里,右玉的荒原上行走着一队灰色的骆驼或是走西口的后生。这些人的目光越过光秃秃的旷野望见一个火柴盒大小的东西凝固在远方,他们知道那是右玉的土堡。不知道还要再走多少里路,火柴盒才能变作一座雄浑苍凉的土堡。那时,北风在雪原上呼号,流沙借着风势在雪原上奔跑,许多当地人也一如他们那样蜷着身子,弓着腰,向前踽踽而行,被大风吹得东倒西歪,以至于右玉人寻常走路的姿势都像是逆风而行,肩胛一律前倾,勾着脑袋,显得异常费力。当土堡越来越近时,他们看见土堡墙上挂满了一缕一缕的细沙,很大一截墙根被埋进沙底了。这样的土堡当然也包括右卫老城。一般的,扯起大风的时间是在午后,一直刮到太阳落山。风沙顺着北城墙外平缓的沙坡漫进城来,老城的居民出门不得不贴着墙根走,男人女人头上都戴着顶帽子。风来时,多少扇没有上好门闩的街门、房门、羊栅栏被风拍得咣咣响,那家店铺的招牌也给吹跑了,只剩下了木框子……右卫老城在大风过后仿佛水洗过一般干净,院内的柴草没了,垃圾没了,街巷里覆了一层细沙。老城的居民习惯了一早拎一把扫帚,打扫房顶,打扫院子,打扫街道。许多生意人家一边卸门板一边说,城墙不高三丈六,三丈六的城墙也快给掩埋了……

右玉的记忆通常是苦涩的,苦涩的记忆里也有绿圃柔茵的胜

右玉二题

迹,也有混元流碧的古韵,还有曲涧鸣泉的灵动,恒阳十景是右玉深藏在记忆深处的梦,右玉人是以这个梦为蓝本美化家园的。恒阳十景不仅见证了右玉最荒凉的一段历史,也正经历着右玉最具辉煌的变迁。起初,那些可人的绿意离这儿还很远,慢慢地,二十里黄沙洼披了绿衣,四道岭上凸现一片广袤的草原,苍头河、马营河畔呈雁翅形的护岸林渐成气候;接着贾家窑山顶传来阵阵松涛,辛堡梁上凝结成万顷林海……

在梁家油坊只是一个村子的时候,那家名为满乡里的榨油坊就一直生活在漠漠风尘里。油坊的主人在油腻腻的木栓周围忙碌着,压榨着胡麻和胡麻以外的生活琐屑。可能最后一个榨油工走出隆隆作响的油坊时,右玉的天空已经放亮了,油坊门前的土路上原先铺了一层细若轻烟的黄沙,榨油工却发现那层细沙奇迹般地消失了,抬头一望,只见小南山上也冒出一片青葱。那一天应该是1972年以前,还是1972年以后呢?反正1972年是右玉一个不同寻常的年份,那一年县城从右卫老城搬迁到了梁家油坊。

我们重新回到右卫老城,穿过永宁门就算进城了。苍街还是那样朴实,白衣寺却倒掉了。看上去右卫老城有点旧,也还有点新:旧的是民风,新的是面貌;民风不改,面貌日新。

麻纸的光阴

日子是秋后。

老城外,梦一样布满山梁、河谷、盆地的树木该黄的黄了,该绿的还绿着,而老城内的日子依旧是充沛的,鲜润的。

很久见不到那种能把天染黄染暗的沙风了,右玉的老人站在自家老式的门楼下,一脸恬淡的笑。门楼上方的天空是那样湛蓝,没有一丝云彩,也没有一丝风影。

在湛蓝的天空下,右玉是一幅主题明确的油画。

潞城铜匠

山之右，河之阳，是潞城自然而然的本源，山为太行，河为黄河，都属狂野、霸气的禀性。但细说起潞城，太行与黄河似乎又远了点，大了点，有了攀比之嫌，不如就说眼前，就说当下。当然，我们也不必说被称作浊漳河的潞水吧；不说潞水河畔振翼欲飞的原起寺吧；不说鸟瞰潞水的李庄既有通灵的文庙又有忠义气节的关帝庙吧；不说西流村唢呐笙箫吹拉弹奏了几百年的乐户，潞河村合义班、微子镇新义班、李家庄福义班咿咿呀呀粉墨登台的戏子吧；我们只说潞城的铜器。

之所以说起潞城的铜器，是因了潞城铜器的闻名遐迩。无论崇道村，还是三井村；无论黄池村，还是东邑村，潞城乡村的名字被历代铜匠用扁担挑向远方，从而在三晋大地上广泛传播，甚至连帝都京畿也耳熟能详。也可以这么说，昨天的潞城就是被一些游走四方的铜匠叮叮当当地敲打出来的，然后进行独具匠心的

麻纸的光阴

修饰，鎏了金，錾了花，雕琢了精细的纹饰，并经过岁月打磨，成为历史的经典。

至今，那些如同珍珠般散落在全国各地的晋商会馆里，都不乏潞城商人的影子。最著名的潞商会馆要数明末清初潞城铜匠在京城广渠门兴隆街捐资修建的潞郡会馆，不仅让潞商这个名词从历史教科书中血肉丰满地走出来，而且令后人深刻体悟到潞城铜匠卓尔不群的技艺和筚路蓝缕的创业艰难。

在潞城，一把八仙壶，一只铜火锅，甚至一口宣德年间的铜熏炉曾像自家菜地里的茄子、豆角一样被潞城铜匠排列在作坊前，一番你来我往的讨价还价后，以双方都容易接受的价格拍板成交。今天看来，那些精美的铜器任意一件都价值不菲，但在昨天的潞城，这样的铜器装饰着寻常人家的寻常生活，男人桌上注满唐宫悦酒的铜酒壶，妇人怀里搂抱着的暖手炉，沾满脂粉气斜倚在梳妆台上的凤纽铜镜，仿佛是潞城一些饱经沧桑的老者，正用情真意切的方言讲述潞城铜器非一般的神韵和遥不可及的渊源。

"铜崇道，铁贾村，珍珠玛瑙翟店村，糠打一座城五里厚，还有二十四里焉有桥……"

这是一句潞城民谚，民谚开头称道的即是崇道村的铜匠。

潞城铜匠

崇道村的铜匠在潞城人眼里并不算手艺最精的，但别驾潞城的李隆基或是八百年后的明武宗，还是在听到这样的民谚后打心底里为潞城的丰饶富足感到高兴，并有了一探究竟的想法。年轻时的李隆基因为近水楼台的缘故，很快就寻访到素有"三台镇其北，龙岗伏其南"的崇道村，并且对铜崇道的称谓有了恰如其分的解读；而那个习惯了风花雪月的明武宗朱厚照却没有李隆基这么幸运，由于路途迢迢，途经邯郸时又险些被刺客得手，经历一场虚惊后只好摆驾回宫了，未能亲眼见识一番"铜崇道，铁贾村，珍珠玛瑙翟店村"的真正蕴含，成为明武宗难以释怀的遗憾。当然，帝王的想法或许与普通人的想法不尽相同，但潞城铜匠的声望是确凿的。在飘逸的唐诗里，在婉约的宋词里，在环环相扣的明朝话本里，潞城是铜铸的潞城，潞水是翻着青铜浪花的潞水。

潞水河边有个潞河村，村民李三珍在村西北的台地上打井时不慎掘出一座古墓。据专家考证，墓主人应该是两千多年前的一位诸侯。诸侯墓并不孤单，在它旁边还有一些墓群花环般簇拥在周遭，于是一些珍奇的铜鼎、铜豆、铜壶、铜鉴、铜鬲、铜甬钟之类的青铜器物从幽暗密闭的土坑竖穴墓中被清理出来，堂而皇之地进驻了国家级的博物馆。说起来，这些叮当作响的铜质器物

麻纸的光阴

有比同时期那个周游列国、四处采风的孔子采编的《诗经》更富有质感和内涵，也让那句从时光的长河里打捞上岸的民谚，忽然失去了光泽。原来在唐朝之前，在秦汉之前，铜匠就已经在古老而年轻的潞城（那时应该叫潞州吧）土地上铸造青铜了。他们赤裸着臂膀，在炭火通红的竖炉边冶炼红铜，并在红铜的溶液里掺入锡和铅，经一番急火锤炼后，青灰色的青铜便出炉了，然后以"六分其金而锡居其一"铸造钟鼎，以"五分其金而锡居其一"铸造斧斤，又以"四分其金而锡居其一"铸造戈戟……在两千多年前的潞水河畔，这样的炼铜竖炉，这样的铸铜泥范，这样精美绝伦的透雕云纹铜器几乎随处可见。潞城的古人"冶石为器，千炉齐设"，叮叮当当地敲打着潞城的土地，敲打着华夏民族的青铜文明。

沿着跌宕起伏的潞水（或浊漳河）行走，似乎脚下每一块鹅卵石都有了铜簋、铜簠、铜觥的模样；而岸上错落有致的村舍民居乃至山峦树木都有了铜甂、铜罍、铜彝、铜镈的形状；泠泠有声的河水以及树梢上婉转啁啾的鸟鸣都有了铜钟、铜鼓、铜戈、铜剑的旋律音响。我们感受着青铜时代最童真最纯粹的山野气息，然后看到峨冠博带的微子乘坐铜辕铜毂的小轩车一路顺河走来，嘴里吟唱着类似"黄鸟于飞，集于灌木，其鸣喈喈"那样优

潞城铜匠

哉游哉的古歌，一边叹息纣王的无道，一边又感慨潞水河畔的风光旖旎；接着箕子也来了，箕子胯下的坐骑披挂着青铜铸就的马鞍马鞴马镫，但行色匆匆的箕子神情却有些恍惚，有些落寞，远没有微子那样洒脱。他看到微子国倾塌的宫墙就想哭，看到潞水河畔良莠不齐的禾黍也想哭；他的歌声里浸透着对家国陨落的浓浓忧伤——"麦秀渐渐兮，禾黍油油。彼狡僮兮，不与我好兮！"

当微子的小轩车走远后，当箕子的马匹也渐行渐远，后来还有潞子国的婴儿国君也住进了封土堆。这些从潞城乡间的阡陌上经过的古人，离我们越来越远，但他们不经意间留下的青铜器物却在这一片遍植参差荇菜的河谷之间，为我们竖起一座座标榜潞城铜匠千古风范的无字丰碑。

就这样，我们间隔了千载光阴，凝望着悬挂在半山腰上的潞水河畔人家，他们一方面恪守着世代相袭的古制，忠义而不失睿智；一方面在单调的榔头与铜皮敲击的律动里延续着铜匠的手艺。可以想象，微子时期的潞城铜匠，或者婴儿时期的潞城铜匠，他们在简陋的作坊里冶炼质地上好的青铜，打制样式精美、经久耐用的青铜器皿，当作坊里的铜勺、铜铲、铜壶、铜脸盆堆

麻纸的光阴

积如山时，就需要挑着担子，或推着独轮车去他乡出售。这些肩挑铜器物沿路叫卖的铜匠应该说是最早的潞商了，他们顺着潞水高低起伏的河道，向东穿越太行山进入邢国或卫国的领地；向南跨过湍急的黄河进入麦浪滚滚的成周洛邑；向北深入晋国，远涉荒凉的娄烦……他们不停地行走，不停地沿路推销那些已经成型的并且配有兽面纹、环带纹、垂鳞纹、凤鸟纹、瓦纹等纷繁复杂纹饰的青铜器皿。在推销产品的同时，又要摆摊招揽修补铜器的活儿，食器酒器、锣铙唢呐、摆设挂件、宴飨礼器，只要是铜做的，只要与铜能沾上边儿的，巧手的铜匠都可以变废为宝，化腐朽为神奇。在他们身边，不外乎有这几样工具——榔头、铁砧、錾子和风箱。他们借助独特的铸造技艺点缀着历史纵深的文化属性，关乎那时最鲜艳的风物，关乎那时最单纯的人情，关乎那时最直接的习俗，也关乎那时最简约的行为规范，乃至那时人们日常最质朴的生活方式。

收藏于山西省博物馆的青铜四兽承托方盘，是潞河村古墓出土的文物，它的形状酷似故宫博物院的龟鱼纹方盘，均为长方体形，口沿外翻，饰夔龙纹，浅腹，平底，四兽承托状，底部铸有四兽形足。这样的青铜瑰宝即使放在全国范围来讲也属凤毛麟角。它流畅的器形线条，敦实的器物结构，精美的纹饰塑造，一

潞城铜匠

再让我们对潞城铜匠产生更加宽泛的联想。

千百年来,潞水并未停止昼夜不息的奔波与漂泊,它恒定地泛着青铜色的浪花,从殷商时期一直流淌至今,声息交叠,气韵相合,河水有枯有盈,色泽却亘古不变。应该说,整个潞城是被无数心灵手巧的铜匠绑在高挽裤脚的泥腿上的,挑在补丁摞补丁的肩膀上不停地跋涉与行走,以至于大河上下、大江南北的城市乡村都留下了有关潞城和潞水的记忆,这样的记忆镌刻在了那些方鼎的铭文上,那些瓠形提梁壶的铜壶底上,那些三足鼎立的青铜酒爵上……人们在节日祭祀、征伐壮行、宴请宾客的时候,就很容易想起浪花滞重的潞水河畔的古潞城,想起潞水河畔不停行走的铜匠们。

三井村听不到潞水拍打堤岸的喧哗,但三井村的铜匠同样是沿着潞水的河岸一步一步走出潞城,走出山西的。我们无法想象数百年前的三井村或是三井村周边的任意一个村庄(比方称作蝗皇岗八大社的贾村、崇道村、南舍、北舍等等)是如何古拙、清幽、淡泊、雅致的,一座座砖砌的老墙挺起三脊六兽的瓦屋,外墙用白灰抹面,内墙也用白灰抹面,一些类似皇蝗庙、碧霞宫、白衣堂、师祖庙的宗教庙廊夹杂在错错落落的民宅之间,被厚实

麻纸的光阴

的人间烟火慢条斯理地熏烤着,每一年都有许多赛社的风俗在这些"庭院深深深几许"的村庄里隆重演绎,每一道程序都极其规范,极其严谨,也极其庄重。赛社结束后,村庄再度恢复宁静,该出门的还要出门,该留守家园的继续留守家园,不宽的街道顿时显得宽敞了许多,时断时续的行人多是些收购铜器的贩子或是上了年纪的老人,年轻力壮的都在外地打拼,他们的职业有一个共同的名称——铜匠。

其实几百年后的三井村同样被一些空巢老人厮守着,厮守着一片祖传的家业,厮守着三井古人不散的铜匠梦。只是现在的年轻人所从事的事业与祖宗的手艺毫不相干,他们像浮萍一样随水漂流,有跳跃着奔向大海的,也有依附在河汉里庸庸碌碌的。在这样的浮萍下面不再潜伏青铜色的暗流和漩涡,于是我们愈加怀念百余年前甚或几百年前的三井村。那时的三井有许多忙忙碌碌叮当聒噪的铜铺或铜锡铺,这一家铜铺的东山墙或许就是另一家铜铺的西山墙,门口无一例外地高挑着标有不同字号的幌子:牛记铜铺、陈记铜铺、刘记铜铺、周记铜铺……更有把字号刻在牌匾上的,蓝底儿铜字或是黑底儿铜字,书写匾额的秀才也一定是铜匠的后裔了,落笔雄健奇崛,着墨处尽显青铜的圆融与大气。

自古三井并非潞城的商业中心,每一家铜铺前也未必天天顾

潞城铜匠

客盈门，他们大多把更大的生意放在了州府，放在了京城。

说起京城来，似乎离三井村远了，远到遥不可及。但，每至年关，那些在紫禁城外做铜匠生意的男人会乘车坐轿骑马骑驴，从繁华的都市匆匆忙忙地往小桥流水的潞城乡下赶。三井、东邑、黄池、会山底，连同日显老态的崇道村，都是这些连掌纹的缝隙里都嵌满铜屑的游子的故园，故园像一块吸力非凡的磁铁，牢牢地吸附着铜匠孤独的灵魂。

于是，我们趁潞水尚未封冻，顺水而下，去京城看一看，看一看百余年前建在老北京前门楼子的"合义号"铜锡店，看一看安定门外的"泰山号"铜铺店；或者往前再走一程，回到乾隆年间看一看安定门外的"泰德号"牛氏铜铺。

安定门是老北京内城的北门，与德胜门处于同一条线上，早年的安定门除了走兵车，还要走粪车。我们无须探究它何以要走兵车，何以要走粪车，反正这样一道城门是经历过许多事儿的，大事，小事，高兴事，闹心事，很杂，也很琐碎。对于种种过往，安定门不一定都放在心上，但它一定还记得乾隆爷在位时有一家高悬"登天铜府"金字牌匾的铜铺就在附近，铜铺的名字叫"泰德号"，铜铺的掌柜叫范德库，而这一家字号的股东并不属范氏，而是潞城三井村的牛氏。除了那块蓝底儿金字的巨匾外，

麻纸的光阴

似乎"泰德号"与其他的泰兴号、宝山号、永盛号、和丰号等铜铺并没有什么差别,这样的由潞城铜匠开设的铜铺在京城少说也有一百多家。那些手里端着铜烟壶,头戴瓜皮小帽,身着长袍马褂,晃进来晃出去的铜铺掌柜,人人一口流利的潞城方言。在京腔京韵大行其道的皇城脚下,这样的方言显得格外特别,然而潞商心里想的不是入乡随俗,随波逐流,而是在浮躁的异乡坚守潞城传承的精神与风骨。尽管如此,就因了"登天铜府"那块匾,才凸显出"泰德号"铜铺的与众不同。

多年前,潞城微子镇的一个名叫郝汉成的老铜匠,从喧嚣的北平城回到故乡。"少小离家老大回,乡音无改鬓毛衰",老态龙钟的郝汉成还没来得及洗却一身的风尘,就让人搬来一个凳子,颤颤巍巍地爬上去在墙头钉下一枚钉子,然后把一副裱在相框里的照片挂了上去。照片并不是老人的肖像照,而是"合义号"铜锡店从打磨厂迁移到前门大街路东的广告。老人的举动令家人大跌眼镜,更让家人难以接受的是,老人又不谈与照片相关的"合义号"和自己的特殊渊源,不谈自己在京城的奋斗史,而是把话题一下子推到了前朝。他所提到的故事主人公就是我们已经知道的三井村的铜匠范德库,他讲述的是当年"泰德号"掌柜

潞城铜匠

范德库怎样召集所有在京的潞城铜匠，给紫禁城铸造三百口鎏金大铜缸的故事。这些摆放在故宫至今都光彩熠熠的被称作"门海"的鎏金大铜缸，上部刻着"大清乾隆年造"字样，底部刻着"潞城县三井村牛姓铜匠泰德号"字样。要知道，很少有字号被允许在皇宫器物上落款的……老人的故事像纺车上的棉线，越拉越长，其实也不是故事长，而是老人把故事讲了一遍又一遍，听故事的人耳朵里都长满了茧子，到后来，听故事的人都可以把故事原原本本地复述一遍了。

郝汉成的故事里出现了三井村牛姓，这让潞城人再次感到愕然（为什么说再次呢？因为在乾隆年间，潞城人已经错愕了一回），从来都是铜崇道、铁贾村的天下，哪轮得上三井村的份儿呢？可偏偏是三井村牛氏大模大样地走进了皇宫。由是，潞城人再不敢小觑三井村了，不由得对三井村的铜匠刮目相看了。然而，三井村仍像先前的三井村那样古拙、清幽、淡泊、雅致，没有因发生在京城的新闻所震撼。在三井村人看来，那些临近"泰德号"铜铺的官员必须"文官下轿，武官下马"的传闻简直就是扯淡，铜匠就是铜匠，手艺再地道、再玄乎的铜匠也赚不来一副顶戴花翎。反过来说，无论御赐的匾额或是官员的敬畏都算不了什么，唯有他们手中的技艺才是至高无上的。

麻纸的光阴

陈钱垒是三井村的铜匠,牛买卖也是三井村的铜匠,两位老铜匠都没去过北京城,但他们的铜匠手艺一点儿都不逊色于前人。每天早晨起来的第一件事就是引燃冶炼铜料的竖炉里的炭块,当炭块的青烟散尽,火焰由红转白时,他们用铁钳子夹着事先选好的铜料放在炭火上烧炼,铜料烧红后在铁砧上用特制的榔头捶打。反反复复烧炼和捶打的过程中,器物慢慢成形,再经细细的打磨、细细的焊接、细细的凿孔、细细的錾刻和细细的退火工序,一把铜勺,一只带有足底的铜盆,或是浮雕了寿字图案的大底铜壶才算大功告成。为人随和的陈钱垒或者性格耿介的牛买卖这时候会伸直腰杆,捶捶僵硬的后背,举目望一望作坊外西斜的太阳,方知大半天的时间不知不觉地流走了,就像温文尔雅的潞水一样,就像这个季节漫天流动的浮云一样。

其实呢,人的一辈子也长不到哪儿去,昨天还在穿开裆裤的陈钱垒用一截弯成小钩的铁丝推动一只铜桶箍当铁环玩,从这家铜铺蹿出来又溜进那家铜铺;掀翻这家的铜瓢垛,踢翻那家的铜壶山,弄得鸡飞狗跳猫上墙的,一眨眼的工夫他已是三井村所剩不多的老铜匠了。等到陈钱垒再也掂不动铁榔头,只能坐在门口的马扎上细数时日时,三井村最后一座炼铜的竖炉也倒掉了。

对于三井村而言,一切都像没有发生一样,它一如百余年前

潞城铜匠

或数百年前的三井村,古拙、清幽、淡泊、雅致。这样的风格其实也适合整个潞城,适合整条潞水。犹记得当年泰德号的掌柜范德库衣锦还乡时,三井村的老少爷儿们并未像迎接英雄那样夹道欢迎他。倒不是因为范德库的祖上是潞城窑上村人,而非三井村人;也不是因为三井村的铜匠对那一块御赐的匾额心怀妒忌,实在是因为"泰德号"所擅长的鎏金技艺在三井村人看来太稀松平常了,随便哪个铺子里都养着一两个身怀鎏金绝技的大师傅。鎏金算什么呢,比起更加复杂的錾花技巧,鎏金就是小儿科了。

崇道,三井,东邑,或是窑上,都曾是潞城铜匠的故里。在铜匠早已不复存在的今天,再度提起潞城铜匠来,这些铜匠故里的后人却抑制不住内心的激动,他们不单为那些过去的故事心潮澎湃,更为脚下这块生长铜匠的土地感到自信。他们的态度时刻感染着我们,感染着每一个异乡人。在潞城,在潞水河畔不断成长的潞城,我们清晰地聆听到,来自从前那些悦耳的榔头击打铜皮铜锭的声音,那样的声音如水银泻地般回荡在潞水的每一寸土地上,回荡在潞水充满阳光的或水汽弥漫的空中。

青铜的味道越来越浓了。

提及贾村,我们自然要回到贾村赛社的话题上。早年的贾村

麻纸的光阴

除了铁匠比比皆是外,也是产铜匠的地方,铁匠、铜匠带给地方的不仅仅是职业本身,最为显著的是乡村的富庶。在温饱不愁的年代,人们更愿意以民俗的方式装点一下枯燥乏味的生活,于是贾村赛社应时而生。

贾村赛社在潞城,乃至整个上党地区也是颇有名气的。那一整套繁文缛节的赛社流程是通过二月二的香火会和四月四的古庙赛会铺排开来,迎神的队伍穿越八大街九小巷、七十二条小吃廊的场面异常壮观……

在节日的贾村,我们与铜匠、铁匠自创的民俗不期而遇——扛皇杠、擎仪仗、打伞扇、敲门锣、抬神轿。而匠人们把自己扮作龙王身边的随从,在优雅的太平鼓的伴奏下,把一段神话表演得淋漓尽致。在赛神会上,每个贾村的铜匠都与"神灵"有着亲密接触的机会,铜匠忘记自己是铜匠了,铜匠把不可能变成了可能。那一天,所有的铜匠都做了一回神仙,即使是扮演了一回虾兵蟹将,也沾了一身龙王的仙气。

铜匠不在的日子,铜匠的后人仍在每一年农历的二月二和四月四参加周庄王宴请诸神的盛宴,一年又一年,年年乐此不疲。

在潞城的乡间,我们一次次靠近潞水,远望它的山环水绕,

潞城铜匠

张弛有度,近观它的河水泱泱,青山倒影;一幅是浅绛山水,一幅是工笔写意,随便装裱一下,即有意境深邃的唯美。然而,立体感对于潞水来说还不是最重要的,重要的是潞水的色彩,潞水青铜色的色彩。潺湲的潞水里留下一个又一个铜匠的剪影,铜匠挑着两头翘起的铜扁担,吱呀吱呀远去了,他身后的潞水却一派绿黄,那是青铜浸润的色调。

不可否认,当现代工业以其规模和速度冷酷地将类似铜匠这样的手工业者挤向悬崖的时候,人们对铜匠的思念是淡薄的,仿佛是邻家的一位老人故去了,除了一点点伤感外,就剩下新陈代谢的所以然了。但那些辉映在铜镜里的古旧的岁月,连同古旧岁月里曾与我们朝夕相处过的铜壶、铜盆、铜瓢、铜勺呢?它们的离去难道带给我们的仅仅只是生活方式的一点点改变?一定有令科学都难以言说的隐痛在里边。

作别潞水就像我们作别潞水河畔的铜匠一样难舍,这一路走来,潞城的铜匠用他们手中的錾子不停地在我们灵魂深处雕刻出一些壮丽旷达的纹饰和图案,并恣意涂抹了潞水的青铜色泽。范德库,一个满脸胡须的故人,从泛黄的沧桑里向我们走来,肩头的铜扁担上一头挑着"登天铜府"的金字大匾,一头挑着金光灿灿的鎏金大铜缸,一人一担,一匾一缸,寂寞在潞水河畔的隐

麻纸的光阴

隐青山里,宛如画中一笔点缀,有如山间一处茅庐、水中一叶孤舟。故人范德库经过潞水的一段河湾,把肩头的铜扁担放下,蹲在河边掬一捧水,他落在水中的影子孤傲,孑然独立。良久,他抹一把脸,飘然离去了。

东冶怀旧

一

去五台山朝圣的人都知道东冶这个地方。东冶是五台山的门户，它的历史源于春秋年代，距离我们的生活极其遥远，或者说有关东冶古镇的遐思、寻味、考证和琢磨大多来自一堆青铜器。而隋唐时的府兵制是奠定东冶府历史位置的分水岭，至于今天的繁华，历史的东冶是不具备的，所以总是让人觉得现实的小镇只是蒙了一张漂亮的幕布，如果掀开一个角，后面的庭院、楼阁，娉婷莲步的妇人、长袍马褂瓜皮帽的男人就会哗啦啦钻出来。

东冶的东街是富人聚居的地方，似乎哪一处的宅基上都凝结着一抹粉色的祥云。从前严谨的四合院的轮廓，现在依稀还能看到。只是那种倒垂莲的升斗门楼，八十一道大泡钉铆就的朱漆门，青石镂空的狮子滚绣球，甚至辕门库门和马弄，一样样湮没在铝

麻纸的光阴

合金、塑钢门窗后面，一样样被鲜活的阳光折射得让人睁不开眼。

如果按古代的方位取名，东街应该算是青龙街。古语说："青龙者，东方甲乙木水银也，澄之不清，搅之不浊，近不可取，远不可舍，潜藏变化无尽，故言龙也。"此所谓膏腴天街，附凤盘龙。即使是今天，你一旦走进东街，仿佛一下子坠入历史暗河的漩涡里。样式新颖的钢筋水泥建筑迅速隐去，深宅邃宇的府第如同键盘敲上去的铅字，猎急地矗立在你面前，随着跟班一声"起"，一乘香藤软轿抬起来；随着轿夫一声"落"，一乘红泥小轿沉下去。陈腐的阳光剥落在青砖铺砌的街道上，来来往往的多是锦衣罗裳的乡绅、财主，或衣冠士子、阀阅名姝；间或有一两个青衣窄帽的小厮，清水梳头的丫鬟匆匆过去，也是一路香风淡荡。

每一串三进或四进的套院都俨然一个家族殷实富贵的标志。墙是白灰勾缝，青砖到顶，飞檐挑山；房是五脊六兽，前厅抱厦，鸱吻高张，鹿角连环……也许你上三辈的先人正手撩长袍的下摆，拾级而上呢，突然看见一个相熟的街坊从身后走过，略略停下拱手道个安；偶然看见谁家的老妈子或用人迎面走来，眼珠子就会飘上云彩去；如果碰巧看见的是回乡省亲的一品顶戴徐继畬呢？原本不卑不亢的先人会倒屣相迎，连迈几步罗圈腿，躬身

东冶怀旧

倒地拜下去……

那时候,每一扇贴金的朱门里都蹲伏着一条垂着长舌的狗,每一处青砖灰瓦的四合套院里都演绎着一段鲜为人知的家常故事、鸡毛传奇。当然也有朱漆剥落、门庭冷落的,吱扭一声门轴响,会皱巴巴地挤出一个贼眉鼠眼的败家子,甚至流年不利血本无归的买卖人。

那时候的街巷里,植满了苍郁的梧桐树和五月槐,这里一株,那里一棵,青色的氤氲成为整条东街的主色调。佃户或长工每每踏上这条路,总觉得脚下虚虚的,没有踩实。可能一个不留意,就会招来一声呵斥,你得忙不迭地躲在一旁,你挡住人家的道儿了。你身旁就是海马石板浮雕飞凤祥云的照壁,你另一侧就是垂花歇顶的大门楼,门楣上镌刻着"衡门栖迟,惟吾德馨"的匾额,两旁各蹲一头向你张牙舞爪的石狮子,顶级的台阶远比你肩高。蓦然之间你会觉得离历史如此之近,历史的脉搏清晰可辨,似乎伸手即可触摸到教科书中的某一章节。转眼间光阴荏苒,历史早已定格在属于它的泛黄的底片上了,一任古人在风烟背后呻吟,慨叹,迷惘。

今夜,有谁在东街上怆然走过?残月下透过霓虹的光晕,寻找一段失落已久的浮华。

麻纸的光阴

二

东街北侧有个陈家坡。

陈家坡往西是一条碎石墁铺的长街，这是东冶过去最繁华的商业中心。巷子不宽，悠长而笔直，却扎堆般排列着各式各样的商号店铺，迎风招展着各色各样的生意幌子，南北两侧的出檐几乎搭成了篷子。你姑且坐在一家临街的油条铺子前，放眼望去：客栈、米行、估衣铺、珠宝店、绸缎庄、南货铺、纸扎作坊、酒肆茶寮、当铺鼓班——那家是专销舒筋散的吕字两利堂药铺吧？那家是专供窑头炭的徐记炭厂吧（距此地不远的窑头山盛产焦煤，驮炭人将煤盘下山来，汇聚在炭厂，买炭的客户在炭厂可免费吃一顿丰盛的午餐：莜面饸饹浇羊肉臊子）？那家肯定是元泰永钱庄了——光绪三十四年，署名五台县自治社的元泰永钱庄发行了一种彩票，票面上赫然印有"教育兴文"字样，并且广而告之秉公经理，昭告大众。中国的彩票业，在那个时候就已小成气候，东冶商人敢为天下先的胆略和魄力可窥一斑。而最要紧的是诚信，生性厚道的东冶人，从来都拿诚信当作经商的根本。

如是，逢二、逢五、逢八的集日，北街才会挤得水泄不通。无数的银圆从结实的褡裢里摸出来，叮当作响纳入三百六十行的

东冶怀旧

钱柜里……毕竟，不会是皆大欢喜；毕竟，在繁华背后沉寂着大片破败凌乱的民宅，北街的商号并不属于北街的平头百姓。

三

你都无法相信，泾水与渭水是如此分明。

北街以北的蚰蜒巷里，长久萦回着哀声和叹息。头顶破毡帽，双手袖在飞着败絮的旧袄里，腰眼儿勒条布腰带的佃户们，偶尔从哪个断垣柴扉里踱出来，望望滞重的天色，拿不定主意是去借粮呢，还是去打短工呢？年关将近，面缸又见底了……

北街的地面总是干苦干苦的，就像长风刮过的天空，又像是崖头上被太阳经年曝晒的坨土，还像是穷怕了的主人一张贫血的脸。每一间椽头熏得乌黑的厢房里走出来的人们，不得不把命运托付给村北那片干涸的坡梁。

玉米、高粱、糜谷间生在野草里，苦苦地长，长出飞扬的胡须来，长出人生的干涩来。但被东街富翁们交口称赞的东冶秋黄的美景却年复一年地绰约在这片坡地上，成为狭隘地域的金字招牌。只有当秋黄变作枯萎时，北街的汉子们才开始谋算着走西口了。

麻纸的光阴

今夜,有谁在北街上轻灵走过?一钩弯月陌生了昨日的饥馑和鹑衣百结。铮然一声丝弦,谁家的百叶窗里露出一张青春的笑靥。

四

总是一方水土养育一方人。

暴躁的滹沱河和文静的小银河交汇之处,撂下一大片肥沃的滩涂。东冶西街的村民多半在这块土地上以种菜为业。一辈又一辈,重复又重复。不好说从哪一辈论起,反正西街上最老最老的老人唠起西街的种菜史,总喜欢拈着胡须讲:原平、代州、定襄、忻州,哪疙瘩没吃过咱们东冶的大白菜、山药蛋?假使他愿意拿份山西地图来东指一气,西指一气,也没人提出异议。本来千百年前的事,谁也没经历过,好意思跟胡子一把、儿孙绕膝的老爷子较真儿?

细究东冶镇的菜园子,倒也壮观。晴空下,河湾里,绿油油的菜畦、瓜架覆盖了整个滩涂地。也不知是地脉好,还是手艺巧,种出来的蔬菜个顶个的硕大、水灵、有嚼头。菜出园,就要想法子卖出去。西街的菜农既是务菜的好把式,又是玩秤杆的行家里手。碗大的秤砣悬在秤杆上,巴巴地往里滑,远路风尘的贩

东冶怀旧

子或乡民们莫不看在眼里,喜在心里,连伸大拇指夸东家性善,积德,好人有好报。

据老人们回忆,小银河边的白菜长起来足有多半人高,抱一棵走不出几步远,就想歇脚。驮菜的毛驴一次仅能驮走四兜。这是一个极限,想多运几棵,就是跟自家毛驴过不去。如果是夏天,菜园子简直就是一幅原汁原味的风景画,无须多加润色,它自身的着墨已恰到好,它自身的皴染已恰到好,它自身的经营构图也恰到好。

直到今天,这片土地仍然是享誉定南代北的蔬菜输出地。

于是,西街的菜园如同一幅绵延古今的绘画,既有唐宋的白描,也有明清的点簇,更多的是今天的抽象挥洒。着袍的画师消逝在苍翠里,西装革履的画工把天南地北的风格也一并糅进大幅的写意里。

五

一山有四季,十里不同天。这样的范围显然是大了点,东冶的南街就别具一格。

麻纸的光阴

东冶北高南低的格局,为倾盆而泻的雨水找到最为合理的排泄途径。浑浊的雨水裹挟着满街的秽物,经过南街的水巷,滚滚注入滹沱河。过去,南街的老屋大多以条石为墙基,再砌以青砖。绿苔会从墙根一直爬上墙头。院子里的树木异常繁茂。房顶上有时也会生出胳膊粗的柳树来。整个夏天,南街都被一种濡湿浸泡着,潮潮的,黏黏的,充满了令人心滞的气息。

沱阳学堂曾是南街的名胜。几经辗转,最后迁至西稍门的灵应寺内,已不属于南街了。但是,南街毕竟是它的发祥地。上百年的历史积淀,已无法统计从这里走出去的学子,有过怎样翻天覆地的大作为了。

沱阳高小的一砖一瓦依稀记得他们灿烂的笑颜,南街西街的石板路依旧回响着他们坚实的脚步声。只是春草年年绿,王孙不见归。

今夜里南街的古人提搴着湿漉漉的袍襟,缥缈在滹沱河岸柳下,茫然四顾早已面目全非的老宅,一种怅惘抑或是错愕的表情,转瞬掠过古旧的容颜。

· 东冶怀旧

六

每一年的三月初八,是东冶例行的庙会。

三角楼的戏台上咿呀着戏装鲜亮的生、旦、净、末、丑;三角楼的戏台下面攒动着万千的人头;三角楼的外面排满了各地赶野会的摊贩。定襄、盂县、崞阳的远客们也一样拥挤在东冶镇的人流里,热闹要看,东西要买,偶尔被人踩一脚,也要像自家门口受了欺负一样,理直气壮。东冶人枯燥贫乏的日子在这一天忽然变得有了声色,有了滋味,有了奔头。

但是,当年矗立三角楼的灵应寺坍了,真武庙也不见踪影,仅剩一座低矮的文昌庙。文昌庙里没有供奉大成至圣的先师孔子,而是一尊孤独的菩萨被时光搁置在阴影里,垂望着过路的香火。尽管东冶是五台山的门户,礼禅拜佛的僧侣信徒却很难在这里聆听到随风飘曳的晨钟暮鼓、梵唱呢喃,可能它太过喧闹和繁华,并不适宜参悟吧。

因了这方水土的灵性,因了这方百姓的质朴,我们更应该怜惜和厚爱这方土地的人文与地理的历史渊薮。

青铜横山

青铜色的庄稼后面凝固着一抹青铜色的村庄。炊烟在房前树干上濡湿地绕作一团棉花糖，所有生息都笼进炊烟里了，好似银幕上的蒙太奇，恍惚，迷离。

它的地势平坦，房舍的起落就显得很微妙。老式的木结构房屋和新式的混凝土建筑组合成色彩参差的图案，若要全景式地展示它的风貌，给人的感觉就很凌乱，没有鲜明的特色，没有抓人眼球的焦点。好在横山的街巷是那样冗繁悠长，多少风俗民情在老一辈人那里口口相传。

没有多少树木的街景和植满树木的院落，总给人以极熨帖的感觉，街清而院幽。

这就是北方的横山，普普通通一座五千余人口的大村落，如同一部村史，精练，简约，浑如白描的手法，信手拈来，随意道去，间或也有佶屈聱牙的地方，但你可以删繁就简，一笔带过。

青铜横山

这种村落在北方普通得像河滩上的卵石，你都无法断定老宅之下还湮没着多少青铜陶瓷，你也无法记录那些久已失传的匠艺和女工，你无法拂去风尘一睹它曾经拥有过的农事与风华。你知道在这里既没有帝王将相栖身幽宿的行宫陵寝，也没有通衢官道与其相连，更没有快马驿差一路敲击它的昼与夜。

横山没有山，起名字的古人不知是基于什么目的。可能"山"从来就不确指一种形状，古人在设置村墟或房舍时，总要讲一点儿风水，以罗盘为标尺，迎合五行八卦的对称与协调，或以地脉取方位，或以龙脊论生番。但从横山现有的布局来看，古人的意图相对要模糊许多，不规则的建筑体系，不规则的迂回小巷，很难寻觅阴阳八卦的排列次序。十角、二角、东街、西街、新营、后营，毫无特色可言的街名就像它的祖先一样，平淡中疏远了文采。

翻阅横山的家谱村史，几乎找不到几个在科举应试中金榜题名的才子。缺乏浓厚的诗书气息是横山的命门所在，横山的先民似乎从未攀缘过横在他们帻巾上的那座陡峭的官山文山，可能这里正是仲尼学风驯化不到的僻壤。亘古的国风里无人弹拨丝弦来倾诉一段关于横山的来由与典故，哪怕仅仅是一个愚者搬弄土石

麻纸的光阴

移山平海的趣闻逸事呢!

我们站在颇有点人文渊源的广济灌渠上向北俯瞰渠堤下矮了一截的横山时,总觉得这座村庄不该进化到缺乏一点点古意的程度,或者关乎物,或者关于人,即使一扇辐辏粗犷的木质车毂也好,总是对漫长历史的一点缅怀或追忆吧?

长时间在横山的村巷里转悠,真的找不到一处可以标榜前人智慧的残骸,哪怕一段雕刻笨拙的碑文,一间结构稀松的阁子,或者古殿的一块石础,或者富家废弃的一截汉白玉栏杆……似乎三五百年以前,这里压根儿就没有过人烟,它的阅历肤浅到不需要比蔡侯纸更古老的材料记载。但是,距今已四五千年的新石器时代遗迹此刻就在横山村北某个角落里静静地躺卧着。村里一位老人告诉我们,能够佐证横山久远年轮的陈迹不外乎有三处:其一是李家祠堂,其二是村西一座残破的土堡,其三是村北一座早已灰飞烟灭的古刹——大永安寺。

土堡是以家族为单位修筑起来借以防范匪患的院墙,没有多少文物价值可言,何况堡墙最终也没能逃脱被夷为平地的结局,于是我们把目光投向了祠堂。李氏家族在横山算是大户,但得益于子孙兴旺而保存比较完整的祠堂也只留下一间大殿、一处祠堂

青铜横山

门——横山村委会是祠堂现在的主人。原有的宗祠牌匾、碑文族史、先祖绣绘早随袅袅秋风泯灭在烟尘里不见了。一段有关这个家族的兴衰史不再容易被人想起来，唯门前两头石狮子还默默忆念着李氏家族的沧桑变迁；唯院内两排夹道的古柏还隐隐记录着当年决定家族大事时的隆重与庄严，以及拜谒先祖的烦琐程序。

如果时光可以倒流，当我们置身于横山古建筑群落中，一切会是那样离奇、陌生又古朴盎然。高大的砖雕门楼和两脊翘角飞檐的瓦房，擎天一柱的旗杆和上下马石的装点，木轱辘牛车和呢金轿子咿咿呀呀地穿街过巷，青砖铺就的街道以及频频拱手和问安，从不同角度渲染着乡村严谨的格局和风尚。当我们信步走过四眼阁楼时，远古的燕子与旧时的麻雀在唧啾声中让人真切地感受到那些迟滞的八股气息。我们的祖奶奶们，我们的祖爷爷们或袅娜或稳重地迈着碎步或方步，打我们身边擦肩而过。我们略显迟钝的鼻息也一定能嗅到某种血缘上的疑似亲情。原始的横山刹那间凸现出的淳朴与蕴藉几乎可以征服任何一个接受过高等教育、现代文明的后人。不敢想象曾经拥有过的一段段令人感怀的往事已如云烟般缥缈。

春生夏长，秋收冬藏，是天道之大经，同样是横山人陈陈相

麻纸的光阴

因的步调。夕阳下的横山已完全进入了禅定状态,饶有趣味地做着平坦如砥的春梦,任凭身外已是风生水起,霞走云飞,那轮照耀过古人的明月依然悬挂在树枝上,宁静而淡泊。

横山一片寂然,一片青铜色的挣扎模样。被斜阳裁出狭长剪影的广济灌渠上的白杨仿佛逆光中闭目养神的老人,正思索他走过的漫长一生:有一分悲怆,有一分凄凉,有一分伤感,还有些许遐想。其实生命是永恒的,正像一栋栋民宅或祠堂一样无一例外永恒地彰显着历史的厚重感和对现实的彷徨。在它的角角落落里难免有西风带来的沙尘和雪片,也有东风卷挟来的海洋性的东西,久经岁月的遴选和支离,已深深地融进了原本就很中庸的建筑体系和人文理念中。

横山是典型的高原村落,但对山却有很强烈的新鲜感、陌生感。横山是那种象征性很浓的名字,在祖先的意识里,更多地给人以无穷的想象。站在横山苍凉的土地上,目睹上几辈的老人们渐渐远去了,模糊了,包括他们的声息和意念,但令人的心绪却无法归于平静。李氏祠堂仍庄严肃穆地矗立在那里,还有那些风化后的古迹和古迹废墟上挺起来的崭新的建筑群,都在提醒烟村后人们,有许多浑浊的、古旧的眼睛在凝注着他们短暂的一言

青铜横山

一行,或恒久的一生一世。不知这种提醒是默允时尚的光怪陆离呢,还是督促后人重新找回那袭丢失已久的旧长袍?听得见不远处有呼啸而过的朔黄铁路上的运煤列车,听得见不远处邱村工业园区铸造炉的震耳轰鸣,也听得见村人往手心里啐一口唾沫,然后挥着镰刀走进玉米地的喘息声。

月饼的家园

一

一千多年前,月饼就被御膳房的师傅用红绫裹了,在唐僖宗的注视下赏赐给新科进士。

那时候的神池却筑堡屯兵,移民耕牧,正经历着最初的人文积淀,同时积淀着人文菁华——月饼。或许那些绽放蓝色小花的胡麻,早在东汉时就在神池多风的山地上生根发芽了,只是直到南北朝时期,神池某间石砌的作坊才尝试着出炉第一块月饼,中间若干个世纪的空缺一直被动荡而苦涩的社会环境所填充。有关神池月饼的溯源,坊间有多个版本,无论哪一种说法,其实都是对神池月饼历史的发掘和尊重。而最初那块月饼形如满月,色泽金黄,口味浓郁,松软不腻,自有一股清香的胡油之气深透肺腑。

谁能想到,一块月饼竟然掀开了这个月饼家园——神池最富

月饼的家园

魅力的面纱。

早在一千五六百年前,神池就被胡油烤制月饼的馨香所感染,它贫瘠如白地的肢体上,雨后春笋般涌现出无数家月饼作坊,在当时当地被称作干货店。

光阴荏苒,在广式、京式、苏式、潮式、台式等都市月饼一统天下的今天,神池月饼则以草根形式,占着北方月饼市场的份额,逐步跃上普通百姓的日常餐桌,并以此带出一个名不见经传的神池县。

一个县的闻名来自一块月饼,可能在中国的版图上还是鲜见的,这正是神池的神奇所在。

当然,神池的历史深度较之于那些遍布新石器时代遗址的州县来说,还略显单薄些,但神池月饼的传承,并不乏浑厚的人文底蕴。

这里毕竟是月饼的家园。

二

在神池乡间曾广为流传过一句顺口溜:"神池干货上百家,数来数去只四家;神池义井宫吕家,八角利民武蔚家。"所谓干

麻纸的光阴

货,是指那些以胡油白面为原料,烘焙油炸出来的易于久放的食品,当然月饼唱的永远是主角。

遥想那时,厚实的堡墙下往来着戍边的将士和五行八作的商人,他们对饮食的需求似乎比现代人还要挑剔些。于是,那些被炭火熏黑脸孔的师傅们夜以继日地打月饼、炸麻花、烤糖三角。他们不断地从油坊买来上好的胡油,从磨坊买来精细的白面,从干果店买来不掺丝毫杂质的果脯,又买来红糖白糖、红豆绿豆……等所有原料备齐后,才从容地走向早已架好火的炉鏊。

夜色下的家园被熊熊燃烧的炭火照亮了,简直亮如白昼。一股有别于炊烟的烟雾从院子里浓浓地翻出墙外,卷向村庄附近茂密的胡麻地。

…………

今天的神池堡、义井堡、利民堡、八角堡已经脱下当年那种全武行的行头,只有搁置在荒野山脊上的古长城还在隐约地叙述着一段金戈铁马的传奇。然而,在那些古堡的废墟上,在那些装潢考究的混凝土建筑物上,至今弥漫着一股持久不散的味道,那就是地道的胡麻油味道,那就是月饼家园最纯正的味道,那就是神池月饼历尽数百年挥之不去的味道。

味道最初是来自田野的。在神池朱家山两侧广袤的丘陵坡地

月饼的家园

上，种植着大面积的胡麻，这种挥发着油香的植物滋润着一个山地小县的历史与现实。没有到过神池的人，是不能想象出胡麻在生长时期的那种绰约风姿的，是难以想象出胡油散发的那种味道的醇厚、甘美和芳洌的。人们只能从花钱买来的神池月饼中，捡拾一些胡麻洒落的琐屑了。这是距离产生的缺憾。

记不清了，记不清多少年前我们就与神池月饼结下了口缘，神池月饼在记忆里从来都是不可多得的美味。那时，乡下的村民绝对没听说过什么双合成、稻香村、莲香楼月饼，如雷贯耳的只有神池月饼。家人为能买到一斤半斤用麻纸包扎起来的神池月饼，在邻居面前都要炫耀数日。

"小时不识月，呼作白玉盘。"我是一直把神池月饼当作一轮满满的月亮看待的，在懵懂中感悟它的形似，体悟它的传神。那一缕馨香会在中秋以后相当长的日子里缓缓延伸，直到秋殇，直到朔风凛冽的冬天，直到再也想不起月饼入口后是什么滋味为止……

有数据显示，神池县的月饼厂家目前共有六百多户，其中有一半驻扎于本土；另一半如同月饼上的碎芝麻一样散落在山西各地——他们是神池月饼产业另一支阵容庞大的队伍，同样具备潜在的市场杀伤力。每一年中秋节前，在山西许多县市的大街小

麻纸的光阴

巷,我们都不难看见那些挑着各式幌子,统一叫卖和加工神池月饼的作坊。不管掌炉师傅是李逵还是李鬼,不管他们采用的原料、辅料抑或做工是否与传统的神池月饼一脉相承,应该说他们都是栖息在神池月饼这个固有资源上体现着自身价值,尽管这种体现方式有时候是对神池月饼的一种致命诋毁。

而想要透过那层浓郁的胡油味儿,享受到真正的神池月饼的甘美,恐怕只有走进神池才行。

三

"黄花岭下十五里,地稍平,有水一泓,出无源,去无迹,旱不涸,雨不盈,名曰神池。"

这是一段关于神池地名起源的记载。明人刘养志在追记文昌祠的时候,也没忘记提及这个美丽的名字。

客观地讲,神池自古为草莽之地,无论是早期中原汉民族与北方游牧民族之间犬牙交错地对垒与融合,还是明代以后策马长城的军事要塞的设立,都为神池的彪悍苍凉留下铿锵的兵铁之音。它就像一幅旷远高寒的卷轴,悬挂在晋西北的土地上,巍峨的管涔山遮挡了它一半的阳光,只有呼啸而过的乖戾风声抽打着

月饼的家园

家园土地上的胡麻和莜麦秆。可想而知,这样的基因孕育出来的饮食文化与经济文化,岂有不带草根烙印的?正如神池的地形地貌风物风情,还有那些镌刻在家门口碑铭上永不磨灭的地名一样,莫不呈现一派荒蛮之象——狼窝沟、窝铺沟、大井沟、三道沟、四十亩沟、辘轳窑沟……即使一曲七弯八转荡气回肠的神池道情,也同样遵循着俚俗之道,抒怀着家园笨拙的方言。

"谁做冰壶浮世界,最怜玉斧修时节。"宋时的中秋明月仍然朗照着后世的时光,正是那一轮皎皎明月下演绎着一成不变的习俗。在神池县三镇七乡两百五十一个自然村中,在过往的岁月褶皱里,几乎家家沸扬过炭火的烟尘与移动炉鏊的叮当声。村人从杏木特制的模具里磕打月饼的声音,清亮,悠长,洞穿了味道醇厚的时空——"长安一片月,万户捣衣声"——如果更换诗句中的几个字,谪仙李白不啻就是在书写神池人炉制月饼的盛况,那是怎样一种温馨壮观的恣意情景啊!

神池月饼一直在古风浩荡的家园里调制、烘焙、出炉、上色。

…………

五百年前压榨的胡油恒久浸润着神池人被炭火照亮的肌肤,八角堡的武家垒起了炉座,挑起了炉鏊;利民堡的蔚家系上围裙,捋起袖管;义井堡的吕家把面粉揉匀,鸡蛋打好,调入黄油,兑

麻纸的光阴

入白糖和碱水；神池堡的宫家包了花生瓜子豆沙，掺了果脯桃仁和杏仁，裹了玫瑰馅与芝麻，也捏进一撮青红丝，然后他们把晶亮芬芳的胡麻油注入炉鏊……稚子和老人，父亲和母亲，亲戚与邻居，官宦与布衣，还有神池的清风明月，无不在五六百年漫长的岁月长河里，构成人类最本真的生理诉求——饮食体系。

当粗糙的手工作坊被全气动模具制作工艺，以及电子自动控温液化气炉所代替，曾经响彻神池全境的磕打月饼的清音可能不复再有了，但家园的地位稳如磐石，坚不可摧。那些从明清作坊里信步走来的后人，在保留前人独有的做工与配方的基础上，又吸纳了外界先进的生产技术和工艺，给企业注入了新鲜血液和惊人活力。他们申请了商标注册，申请了企业代码，通过了QS认证，把典型的土作坊模式赋予了现代化的内涵与理念。十多万人的神池县，月饼从业人员已占全县人口的十分之一，产品行销中国北方十几个省、市、自治区……

这是最接近民生的朝阳产业！

这是从老祖宗那里传承而来且一直未间断过的民族产业！

这是家园坚强生命的延续！

从管涔山到洪涛山，从县川河到涧口河，从荒废的辘轳窑

月饼的家园

沟到不朽的野猪口长城,从神奇的西海子到十里月饼长街,神池一千四百七十二平方公里的土地上,还有哪个地方闻不到胡油和月饼的香味呢?这种味道是神池县的专利,是属于家园的品牌。

四

清宫士式诗咏道:"清流五道绕城驰,城若龟形枕海湄。更有城头楼望海,佳名斯号曰神池。不论山田与水田,胡麻麦豆种年年。夫耕妇饶相随外,剩有儿童叱犊鞭。"神池那座城,神池那片"海",神池那些山田与水田,还有神池那些普普通通"夫耕妇饶"的老百姓,从古至今一直就那样敦厚、精细、恪守良知、不事张扬地生活着。即便在神池月饼走出西海子,走俏山西,走向全国各地的今天,也不难从他们的选料、做工、包装、营销等手段上看出神池人的实在、内敛、表里如一的秉性和风范。至于外界那些花里胡哨吹破天的劳什子,对神池月饼而言,都不屑与之为伍。

神池苍老的山地和绵延起伏的丘陵,是几万年甚至几十万年地质演变的结果,无论用折中的眼光还是开放的眼光看,这方水土都是如此适合家园经济的滋生、发育、发展。山树蓊郁,谷深沟长,

麻纸的光阴

道情宛转,民风豪爽,就连高耸于摩天岭上的风能发电装置都被"一年一场风,从春刮到冬"的民谚浸染出家园式的盎然古意。家园是古人和今人无法割舍、永难背离的精神图腾。

那些在莜麦地里劳作的农民,那些在漫漫西口古道上艰难跋涉的游子,或者那些在神池端午节古会上讨价还价的商客与村人,神池月饼作为可以随身携带的干粮成为他们果腹的必需品。味美,保质期长,方便携带等特点是它备受乡民青睐的原因。

可以说神池月饼是一面经过时间的磨洗、锃亮如金的镜子,可鉴古人的来路,可曜后辈的前程。

比比看那些盛装上市的京式、广式、苏式月饼,虽出身名门,每一道工序都禁锢在制度森严的流程里,通身透着一股富贵气,却难掩饰那种与生俱来的浮躁、偏执、曲高和寡的口味:或工于馅,或重于皮儿,或流于形式的唯美;无论口感,无论款式,无论价格,对于市井百姓而言,都有着天生的傲慢与隔膜。也只有神池月饼发轫于乡野,有着家园温馨的滋味,取悦于民间,却潜移默化地影响上层社会的欣赏口味。先前的油皮月饼、蛋黄月饼,以及后来的水晶奶油、五仁百果、豆沙酥皮、凤梨冰皮月饼……莫不是神池人数百年技艺的累加、传承、升华,乃至穷极智慧的结晶。

月饼的家园

在这片散发草根之气、故园温情的土地上行走的人们,无疑是对传统饮食文化最虔诚的弘扬和尊崇,可以说他们的血管里流淌着的就是芬芳的胡麻油,他们从事着一项与自己血缘和家园休戚相关的职业。

神池义井村吕氏的后人一直为遗失当年康熙皇帝的御笔留书而耿耿于怀。作为老字号"自永和"第五代传人的吕效忠先生,同样把明洪武年间——1369年铭记在心,那是吕氏先祖吕凤斌创办饼面铺的年份。随后经历了吕永和、吕金声、吕如生等历代吕氏后裔的衣钵传承,直到2005年由吕如生之子吕效忠经营的工厂生产的系列月饼,被山西省烹饪协会评为"山西名点"。2009年6月"自永和"老字号的生产工艺又被正式列入省级非物质文化遗产名录,期间经历的六百多个风雨春秋,已经很难用记忆来确切拷贝了。

我曾在神池县域形象展上,亲眼见过吕效忠现场烘焙出来的重达六十公斤的大月饼。吕效忠那个敦实的汉子,在自己的大月饼上扎起了鲜艳的红花,然后被惊羡的观者挤在一旁。他自得地微笑着,就像自家的娃娃苦尽甘来,一朝变成状元郎一样。至于在制作过程中费了多少胡油,多少白面,多少辅料,又经过多少

麻纸的光阴

次烘焙，多少次上色，多少的辛苦，最终月饼才出炉，人们并不去细究，重要的是那个"神池月饼之王"给他们的感觉和视觉带来了深深的震撼和冲击。

其实早在2005年，神池县另外一家月饼企业源升食品厂，就曾生产出堪称三晋第一的大月饼——直径一点一米，饼重六十九公斤。源升食品厂是神池县生产月饼品种最多的企业，老板高月升说，什么第一、什么状元对我来说都不重要，重要的是要让家乡人不出县城就能买到京式、广式、晋式、忻式的中秋月饼；不离家门也能尝到酥、甜、香、绵的独特风味……

1897年，八角堡武家初立炉鏊，成立炉制月饼的小作坊，经过几代武氏人的诚信经营，武家的干货铺在神池已小有名气，当地有"八角的月饼，义井的麻花"说法。而后来，那个把神池国营月饼厂搞得风生水起、蜚声中外的李德全，正是八角堡干货铺武大先生的传承人武月梅的丈夫。神池粮贸食品有限公司的前身为神池县粮食局糕点厂，李德全是糕点厂的创始人。年轻时候的李德全为了改制后的国营粮油贸易中心以及神池月饼的长足发展，曾不辞劳苦立下过汗马功劳。时至今日，李德全仍为当年的付出倍感欣慰。他说一个人的付出不能用金钱来衡量它的得与失，

月饼的家园

能把神池月饼推出神池走向世界,不单是他李德全的夙愿,也是所有神池月饼人的梦想!

今天的粮贸食品有限公司,在李德全、武月梅夫妇悉心打理下,秉承传统技艺的同时,又改进了工艺流程和原料配方,产品发展到四大类二十多个品种,2005年被山西省烹饪协会评为"山西名点"。而武月梅的心思是很高的,谁都没想到她信手将颇具神话色彩的"神月祥"也申请为公司的注册商标了。如此高雅脱俗的情趣,似乎连同绝色的嫦娥与品尝月饼的人们也合在一起,沾上了仙气,沾上了神韵……

宫氏大成商号,始于雍正四年(1726年),虽经两百多年沧桑沿革,直到今天,仍然是神池县诸多月饼企业中的佼佼者。"神池属偏远小县,然而商业却较为繁荣,清代以来神池商贾以宫氏家族为最。"这是出自《中国实业志·山西卷》中的记载。宫氏大成商号一直以其"讲信用,商德满晋,以人为本,大兴行善积德之风"而广为商界推崇。2006年神池大成食品有限公司生产的"大成月饼"被山西省烹饪协会评为"山西名点",大成商号也被列入中华烘焙老字号而名扬四海……

此外还有利民堡蔚家后人创立的蔚师傅食品厂,鹤寿源食品

麻纸的光阴

有限公司,还有红红火火的新润食品有限公司,蒸蒸日上的守业食品有限公司……近年来,神池县的月饼生产企业逐步淘汰落后的生产设备及设施,引进月饼辅助生产线四条,气模五十余台,包装机两台,旋转炉三台,煤烤箱、电烤箱一百余台……企业面貌焕然一新。

这种从古老作坊里脱胎出来的民族手工业,正凸显着新颖的文化结构,彰显着更富人情味的和谐韵致,你能说他们的月饼里就没有虞仲文饱满的才情吗?能说他们的月饼里就没有海云大师通灵旷达的心性吗?能说他们的月饼里就没有养艳姬无与伦比的大美吗?

说九说十,还是家园——神池给予了神池月饼至美至真的艺术元素。

五

在山西,或者局限于北方,每至中秋,家园里都会弥漫着月饼的滋味;而在神池,这种滋味会一年四季在以家园为单位的民宅里流转。这是来自月饼自身的力量,同时也是山西人对待节日情结的过分依赖。神池人充分意识到了这一点,他们把谋生的手

月饼的家园

段有机地融入民俗文化中去,这正是神池人的睿智所在。我们看到,在神池人身后矗立着一座用智慧构建起来的月饼山,那山体通身流泻着晶亮的胡油!

许多神池月饼企业都有一个共同的称号——特色产业经营大户,比方佳佳、源升、新润、自永和……小规模、大群体、标准化,成为描绘神池月饼行业的代名词了。

嶂水路是神池的一条街名,嶂水路上云集了县城几乎所有的月饼企业。已近中秋,数百家企业的工人都在临街的厂房里忙碌着,和面、拌馅、包饼、拓模、焙烤、冷却、检验、包装等。

每一家的月饼展示厅里都整齐罗列着样式各异的月饼盒:金苹果、日式提篮、皇庭尊礼、福寿双全、牛皮瓦楞周转箱、金卡纸月饼盒等。

我见过一种被称为十全十美的礼品装,打开包装,精致的月饼会呈阶梯状螺旋上升——一帆风顺,二龙戏珠,三阳开泰,四季平安,五福临门……当合上包装时,六角形的盒子如同一盏宫灯,端庄而不失华美。

油皮、蛋皮是神池月饼中的经典,从字面上即可理解,其奥妙在于月饼皮的制作和配料的区分上,一样的麦粉拌以胡油可以

麻纸的光阴

制成油皮月饼,若拌以白砂糖、鸡蛋及少量胡油则制成了蛋皮月饼……

不过,这已深入神池月饼的细节里去了!

不到神池,你就绝难想象在三十二万亩浩瀚的胡麻簇拥的村庄里,曾经出现过多少如同武林豪杰般的月饼师傅。家传炉鏊,配料秘籍,火候功底……在堡烽林立的故园里,在三五团圆时日,围一圈打下手的男人女人,眨眼工夫即可烘出一炉芳香扑鼻、甘美若饴的月饼……油篓城,榨油坊,剜月的习俗,清澈的西海子,人民广场上的月饼美食文化节……神池人一辈一辈延续着一种家园经济,一种独特的生存方式。

有时候,你会觉得神池月饼似乎是无技法的,所谓大音希声,大象无形吧?

神池人仿佛都是无师自通的制饼高手,随便拉一个神池人出来,只要捋起袖子拉开架势,乒乒乓乓一通忙活,就能打出一炉好月饼,很是让围观者羡慕。在神池的月饼界,师傅们的技巧俨然也是摆在桌面上的,当年长祥圆的女老板甄建英就是在县城好几家知名的月饼工厂取经学艺的,据说她一站就是一上午。姊园祥食品厂的厂长张巧梅同样是在神池最大的月饼厂里潜心学习,

月饼的家园

从而练就一身过硬的面点及烘焙技术……这倒也没什么，孔子说过，三人行必有我师，有交流有互补，才有民族产业的积累、更新和跨越。倒是我们很难把神池人对月饼技术的公开化、明朗化，提升到不懂得知识产权保护的层面上来。这是神池人的性格所致——淳朴，厚道，不遮不掩，凡事做在明处。说到底，其实也是家园的观念拖累了他们。也正因为如此，神池月饼的产业大军才得以迅速壮大，才最终成为神池县经济领域中不可或缺的生力军。

然而，神池月饼毕竟还是讲究技巧的，小隐于野，大隐于市，它是属于"大隐"的范畴，否则就不会出现那些鱼目混珠，搬起石头砸自己脚的赝品作坊了。几百年技艺的窖藏，早已醇厚若酒，一点一滴就够世人品尝一辈子了。

还有一种比较成熟的观点认为，神池月饼的奥秘主要不在于做工，而在于油、水和气压。胡麻在神池一向被视为特色资源，除了神池，除了晋西北，大面积种植胡麻的地方就很少见了，是风水使然还是地利使然？反正它们随意地生长在家园的土地上，不为山高，不为水浅，只为这块土地上的父老乡亲提供取之不竭的财富之源，就像一条亘古不息的母亲河，源源不断地滋养着河岸上的人们。而由胡麻衍生的胡油，在清人祁隽藻所著的《马首

麻纸的光阴

农言》中有过提及"油出神池""色香而味腴";早在《神农本草经》中,对胡麻亦有过精辟阐述:"味甘平,补五内,益气力,长肌肉,填髓脑,久服轻身不老"……一般的,在传统的山西美食的制作过程中,都离不开胡油的调和。

还有水——来自神池地下六百米深的熔岩水,其钙镁含量和矿化度均达到优质标准;另外还有气压——比泰山的海拔都高六米的神池县,已很难用高原一词来形容了。

三种得天独厚的资源成为神池本土月饼让人永远参不透的真理。

依然是源自月饼家园无穷的张力和厚度,一旦离开神池,那些仿制出来的月饼,将会丧失神池月饼的魅力所在——不尽的余味与入妙的口感。

六

对普通人而言,家园实在是一个再温馨再熨帖不过的名词了。我们从家园走出来,即使走得再远再辛苦,也要回望家园。家园是根,家园是厚土,家园又是节日下悠然泛起的一串相思。对人如此,对物亦然。

月饼的家园

乘一叶扁舟荡漾于西海子湖上,心情如水一样宁静,自在,舒展。

西海子的芦苇年年绿了又枯,枯了又绿。无言的西海子依稀记得几百年来,那些乡音厚重的饼匠们,挑着扁担,背着油篓出了神池堡,又入了神池堡。这是一群经营生活的月饼生意人,他们与家园难舍难分,他们一技在手,香飘北方。

试想,中秋良宵,在优雅的庭院里摆一张雕花桌子,盛一盘果蔬,供一盘金黄的神池月饼,一小口一小口地呷着管涔毛尖茶,透过扶疏的梧桐叶子,端详那轮硕大浑圆的明月是怎样雍容华贵地爬上墙头。那该是怎样一种达意畅神的意境啊!聆听秋蝉一声一声地在花坛里嘶鸣,月饼的味道反而如月华般弥漫了整个庭院。又有多少清照式的女人,又有多少陶潜式的男人会被那明月下的月饼滋味醉出一种浓浓的情绪,是神池月饼滋润着别地的中秋夜,团圆情……

假使李杜尚在,逸兴遄飞的诗仙诗圣们一定不吝最华美的词句,最浪漫的激情,在溶溶月色里把神池月饼糅进一组千古绝句中……

神池啊,你是我深爱着的月饼的家园!

崞阳漫兴

春秋以降，经过两千余年政治风云的沉浮历练，大成至圣的孔子依旧驾乘那辆积满尘垢的小轩车，身边跟着颜回、子贡、子路等一众学生，随处寻访后人祭祀他的遗迹。当崞阳文庙跃入他的眼帘时，一种繁华事散、流水无情之憾油然而生。封建科举是他最后留守的一块阵地，这块阵地也随着帝制王朝的覆灭迅即崩盘。何况又过了将近一个世纪，文庙的结局自不待言。

然而，崞阳的儒雅风范已浸入表里。这里的人文、风俗、俚语、建筑甚至那股据理力争的犟劲，无不彰显儒士入世的固执和出世的睿智风范。

有谁知道崞阳人骨子里蕴含着一种对外的悭吝和对内的大气？

崞阳称古是有说道的，譬如文庙，譬如武庙，还譬如岱岳庙、城隍庙、天主教堂、龙王宫等。那片苍老而信念执着的土地上不知驻足过多少风骚一时的雅士文人、智者贤哲。

崞阳漫兴

放眼崞阳,花岗岩雕砌的普济桥宛若流离旷野的皇家园林的一抹规范小景,工整的行錾石,横旋的券口,栏板上蛟龙出水、犀牛望月的精美浮雕,都于婀娜翠柳间庄重出广闻博学的千古韵致;甚至桥头柳梢上一只啁啾饶舌的黄鹂鸟,也有了吟诗咏赋的跌宕音阶;甚至高可没膝的水草也显出别样横溢的珠玑文采。

金泰和三年,正是词风鲜艳的闲适时期,桥梁结构的精巧,建筑设计的缜密,无不渗透着中原文化的考究和莽莽草原气势的旷达。拱券三孔的普济桥又称南桥,在崞阳的南城门明景门外。轻佻的流水从远古一直幽咽到今天,已然有断流的趋向。但美人迟暮并不影响普济桥在中国古典桥梁建筑史上的独特地位。

中国古建筑大多遵循五行八作、阴阳对称的分布格局。有了南桥,自然就该有北桥。北桥位于崞阳城北,名曰来宣桥。来宣桥是后辈效仿前人重建,已褪尽了原有桥梁文化的深厚底蕴。曾经的原桥在一场地震中灰飞烟灭。那些镂空的牌坊,隽永的碑碣也被岁月的风刀裁成漫天飘零的柳絮杨花,八百年历史的风花雪月在这里画上了句号。

抚摸普济桥上苍老的栏杆,俯视桥下涓细的浊水与郁郁的菖蒲,很容易让人联想起李春着手营造的赵州桥。不知普济桥的工

麻纸的光阴

匠们是否怀揣一份恭敬远去河北汶河边上求经,反正普济桥的做工也是前无古人的。

崞阳镇内的三条主街,原是由三个城门连缀而生,号称明景门的南门,可以直达北门宁远门。宁远门外的来宣桥既可通崞阳书院,又是崞阳中轴线的递次延伸。在这条悠长、喧哗的巷子里,不远不近地点缀着一座支离破碎的文庙;还有门前冷落的教堂,已经改头换面的城隍庙,风光不再的蛤蟆桥,甚至被称作瓮城的广场……

而文庙是中国古文化得以弘扬光大的栖居地。文昌祠、尊经阁、魁星楼、忠义祠、明伦堂、节孝祠、教谕署等一系列教育框架的静态阐释,总会在优雅的氛围里告慰曲阜故里的圣贤仲尼。在那个艳阳下时光鲜活的冬天,我们站在摇摇欲坠的文庙前,虔诚地仰望这座三坊联袂、苍柏葱葱的古建筑,平生一种物是人非的感慨,先人在几百年前为我们留下的一笔财富,却因我们的疏于保护而岌岌可危了,想一想当年那些修筑文庙的工匠一定是本着精益求精的思想,竭其所能地塑起了戟门,筑起了乐楼,砌起了敬一亭,盖起了东庑和西庑,立起了棂星门坊,精雕细琢,穷极智慧。尽管竣工之后,仍觉得无法超越代州的文庙,但毕竟圣贤思想在这块战事频仍的土地上,有了栖身之所。

崞阳漫兴

离开文庙再说古城崞阳,连接西关保和门的街巷,曾是一条旧式的水泥路,商铺林立,庙观杂陈;在东关临沱门内,坐北朝南的关帝庙则是文庙之后崞阳又一张名片。

"请君暂上凌烟阁,若个书生万户侯。"关公对于后世的影响,远胜于凌烟阁上二十四位唐室开国功臣。由是,关帝庙的霸气并不逊于文庙。

"恪共臣职抒丹悃,荣赐天书降紫泥。"这是关帝庙的一副楹联。东关百姓也或多或少沾染了不少儒文化熏陶下的勇武气息,只不过既勇也谋,既武也道。

农历六月十三是崞阳古庙会,人们从南门北门西门东门陆陆续续在拥进镇内,喧闹而祥和,公道而矜持。物质交易的盈亏吐纳充斥了每一条大街,每一条小巷。崞阳的麻叶,原平的糖三角,代州的黄酒,定襄的蒸肉,神池的月饼以及各式铁器、木器、农具、家什、五金百货统统汇聚在临街的摊铺上。崞阳人是好客的东道,会拿出十分的客套来经营这份热闹,经营这份生计,经营这份对文昌对武帝同时也是对人类自己的忠厚与坦诚。有时,崞阳人在生意场上的斤斤计较,反而因对象的区分而变得苛刻起来,唯利起来,于人于己都是一种损害。

麻纸的光阴

松柏气节,云水襟怀——崞阳人无论怎样都舍不得放弃一个民族英雄的磊落风范与荡气情怀,足以见崞阳人的执着并不只停留在肤浅的感性层面,哪怕为子孙捡拾些城池外面的名利和功德,也不在乎四旁外人的白眼还是青眼。

的确,崞阳习惯在冬天的阳光里贪婪地汲取浅薄的暖意,天真地守望着来年春天赋予古城的无限生机。我曾设想,在这样的冬阳下,多少崞阳古人,穿着杂色的衣装站在四个城门之中的任意一个门洞下,指着看不见的远方说那是他家的南山,那是他家不要了的河滩,那是他家送给外人的庙宇或村墟,显出不一般的气度和自得。

地理概念中的崞阳如是诠释——崞阳史称崞县,位于崞山之南,滹沱河之北,故称崞阳。还有另外一种说法,崞山在县治西三十里,连峰叠嶂,翠色森郁,县以此山名,为邑之主山,隋大业二年正式将崞阳改为崞县。显见,崞阳与崞山有着难以割舍的关联。崞山又名马头山,当地人称锅坪梁,山上有窦太后殿和崞山神庙,史书中均有记载。

"群峰相望复相连,一雨初收景色鲜。雾敛晴空青未了,云浮村野翠无边。"这是明代诗人梁璟歌咏崞山叠翠的诗篇。然而,崞阳毕竟与崞山相去甚远,古人在确立地名时,就已顾及崞

崞阳漫兴

阳人特有的悭吝之气,干脆把遥不可及的一座崞山归入崞阳的名分里去了。

而崞阳人从来就乐意把崞县周边的风土人情、逸闻典故都囊括于怀,无论历史人物的英雄壮举,还是一些民间机智人物的传奇故事,都是乡民们津津乐道的话题。

传说元末明初,朱皇帝麾下有员虎背熊腰的大将叫常遇春,常将军因一己私心不顾百姓安危而带领大军盗挖崞州城,火烧万家庄,几乎将一座老城化为灰烬。当血腥的典故渐渐随风远去,当明代城池也随时光的流转变得越来越模糊……我们面对日见狭隘的古城门,不禁生出许多蹙额的反思。

十几年前,崞阳街道远未像今天这样宽阔、平整、喧哗和新潮;几十年前,崞阳大街上到处是被千层底布鞋打磨出的圆润光滑的碎石,乡人相伴着穿过壮观的明景门,奔向普济桥去看河水;时光再往前倒溯,行走在古朴、敦实的普济桥上仰望三丈六尺高的城墙,人们能否想到这样的城门和城墙也有坍塌的时候?

光阴荏苒,当时再精美的建筑总有褪去光华的时候。

被水泥钢筋凝固成一体的建筑物越来越疏远了古色古香。如果不是残留的一些庙观景物的现身说法,你会觉得崞阳也一如我

麻纸的光阴

们身边所熟悉的任何城镇,商业色彩无所不在,人们脸上洋溢着的微笑和音箱中流淌出的动人音符得以完美契合。

这个无雪的冬天,一个与崞阳素不相干的外乡人在崞阳街道上刻意寻找着那些被时间涂了一层铜锈的风物。地道的崞阳人却熟视无睹家门口的一切遗存,或者嫌它有些碍眼,当不得饭吃,也当不得衣穿,反而在楼群之间显得愈发不协调了。

被绿树与长河环合的古城崞阳,它是这样规范和顺应自然,似乎它的形成和发展,都是造物的安排。生产的自给自足,生活的有条不紊,崞阳人因而自负得不得了,因而在客人面前总喜欢尽显地主之谊,因而有了无度的想象和更加高远的期冀。

漫步在崞阳的街道上,很容易看见一幕幕街中即景——上年纪的老人喜欢跟外乡人因很小的一件事而抬杠,并且争得面红耳赤。在名分上,崞阳人从来不愿逊色于外乡人,他们毫无恶意地贬低了周边村镇的历史风物和风土人情,每一次争论总以胜利者的姿态收场。那种不屈不挠的意志和不达目的誓不罢休的进取精神,令败者油然生敬。崞阳人的固执由此可见一斑。

在山西,曾有一段关于崞县人如何吝啬的顺口溜,大意是说崞县人在自报家门后,委婉地告诉对方他带的干粮是由老婆控制

嶂阳漫兴

的,同时也是不可以随便施舍给别人的。嶂阳人很是低调,很有智慧。

只有当月挂西楼,万籁俱寂,古城嶂阳才会复原出一抹古意。河风习习吹来,如水的月华正细心检点那些古檐头上的滴水瓦当;正细心检点那些青石门枕上的精雕门楼;正细心检点那些青石铺就的街巷;检点那些小巷深处的千年古槐,影壁戏楼……还有一个从曲阜远道而来的乘着小轩车的尊贵客人。

也许,生活本该如此吧。

因缘邂逅圆照寺

清晨入古寺，初日照高林。

我们与圆照寺的邂逅是偶然的，在早春三月的清晨。当年诗人常建登临破山寺时，心境也一如我们这般浑融省净吧？清寂幽邃的圆照寺并不逊色于千余年前虞山上的破山寺。

在清凉圣境的台怀，圆照寺就是菩提树上一片润泽的叶子。这片叶子已葳蕤了七百年，依然脉络清晰，慧寂表里。缕缕檀香熏染着叶子的纹理，日积月累，芳馨的滋味沉积在上面。于是檀香的味道也就成了圆照寺的味道，我们在浓郁的檀香里细致地感受圆照寺的蕴藉和风格。一只鸦雀从钟楼的阁眼里穿出，带过一溜无垢无染的凉风，我们随了那股空灵的风，循着无以计数的沙弥、居士和游人的足迹，一步一步爬上灵鹫峰的山腰。这样，我们看见了朝阳下肃穆的圆照寺。礼拜门、赞叹门、作愿门、观察门、回向门，被称作五朝门，彼时的山门正在修葺中，单檐歇山

因缘邂逅圆照寺

顶的格式已现雏形。

"圆融无碍显现诸佛净土于此地，照破法空蕴藏妙德僧伦遍尘刹。"这是书法家王留鳌先生书写在山门柱上的对联。一副寺庙的楹联某种程度上也是对寺院文化的简约概述。王留鳌是五台县沟南乡观上村人，作为乡贤的王留鳌在为圆照寺捉笔时，心情一定是诚惶诚恐吧，不敢有丝毫的懈怠和敷衍，那一刻他倾注了毕生的修养在狼毫上，并以自己独特的视角，着重渲染了圆照寺别具一格的背景与底蕴。我们在看过山门两侧的楹联后，心里产生了这样的想法，王留鳌用二十六个内蕴刚劲、法度严谨的草书，浓缩了圆照寺七百年的佛法传承，可谓字字是金。

我们还在山门之外，对于山门内的一切我们一无所知，我们只熟悉身后喧嚣的生活，包括家庭和感情，忧郁和欢乐。

在踏入佛门之前，有必要回望一下滚滚红尘的来路。越过清水河的氤氲，首先眺望一下云蒸霞蔚的黛螺顶，再去平视那尊包裹阿育王塔的阿尼哥大白塔，转身仰望那座高入云端的菩萨顶，一切都在仰视或俯视中。身后的圆照寺俨然是坐拥八方、腹纳百川的大肚子弥勒佛，居中的方位与儒家的中庸之道不谋而合。

三十多年前，台怀镇的农民出工收工的时候是很少留意高台

麻纸的光阴

上的五朝门的，五朝门内的大殿和白塔蒙了一层厚厚的尘埃，少有人迹的禅院铺满了雀屎，没有香火的古刹潦倒成一堆残缺的废墟……

圆照寺的格局如同阶梯状，一层为前院，一层是中院，一层是后院。前院的天王殿与大雄宝殿是寺院的主体建筑，天王殿檐下高悬着九龙绞边的御制"震那金界"的匾额，豪放流润的笔墨竟然出自一代圣君爱新觉罗·弘历之手。乾隆皇帝六次朝台留下了大量墨宝，天王殿前的匾额即是其一，尽管其书法师承无名之师，但飘逸劲健的字体间依然流露出赵孟頫与董其昌的大家风范。乾隆让一块匾额身价倍增，一块匾额也因了题额的主人变得卓尔不群。

如果说，天王殿和大雄宝殿是圆照寺的建筑核心的话，那么坐落于中院的金刚宝座式的舍利塔则是圆照寺黄教道场的起源。

这是一处方方正正的院落，正面是都纲殿，两侧是新修的房廊，一口明宣德五年铸造的大铁钟悬置在廊檐下，钟壁上的铭文婉丽工整，仪神隽秀。

方正的院落是为舍利塔准备的。

太阳已经升高了，新鲜的阳光擦着覆钵式的白塔滑落而下，斑驳的塔身极像是一位身裹一领旧僧袍的和尚，在他的身前身

因缘邂逅圆照寺

后侍坐着四个体形仿佛的小沙弥。看上去,须弥座上每一尊佛塔都是品行高洁、甘于淡泊的。时光老了,而他们的修为与容颜不老。也许只有佛门净地,这样的持之以恒才会注入超常的定力。

明宣宗朱瞻基在为高僧室利沙修建舍利塔时,顺便把普宁寺改作了圆照寺。圆照寺由来于一本佛教大乘经典《圆觉经》,这是圆照寺的根本与从前。

在阳光灿烂的正午,圆照寺如同一幅古典的山水画轴,被一支无形画笔涂鸦出滋润明洁的格调来。这样的感觉也让我们对寺院的评头论足中少了一些忌惮,我们几乎把圆照寺走了个遍,只是那些古旧的殿宇和斑驳的陈设忽略了我们的存在,它们苍劲、致远、清寂而冷逸。蓝天衬着殿翼,瓦垄间摇曳着上一年枯掉的狗尾巴草。

寺中的景致,宛若画幅延伸的意境,叫人遐想,让人沉思。或者被风吹动,画轴时而近了,时而又远了,近的时候,画中的古僧须眉皆可历数;远的时候,连巍峨的大殿也变作了渺茫的逗点,顺着经文的间隙渐渐隐去了。

现在看来,七百年间圆照寺出过多少位高僧,似乎并不重要了,重要的是今天的圆照寺仍然僧才辈出。当然,我们从圆照

麻纸的光阴

寺美轮美奂的建筑与神塑中仍能找到人灵地杰的渊源。譬如,大雄宝殿中很微妙的一尊济公活佛像被倒挂在陡峭的岩壁上,济公的心情不错,他跷着二郎腿,一脸玩世不恭的笑,似在游戏红尘呢。圆照寺许多看似随意的形式却蕴含着古灵精怪的神韵,不能不令人叹服。

现在,那些碑铭、御匾、飞檐、宝塔大多被时间涂染得古色古香。假使你有足够的悟性,如此纷繁的盎然古意里就一定能品味出佛家的悲悯情怀。假使你还可以站得足够高,那么你会看到圆照寺每一座大殿,每一方小院,每一尊佛塔,每一通石碑,每一排僧舍都是那样协调,那样古朴,那样敦厚。

晨钟暮鼓,早课晚课,这是圆照寺一成不变的生活流程。

在早课和晚课之间,有一些人带着猎奇心理走进庙来,读一段殿前的介绍,拍几张佛殿内外的风景照,敬奉几炷"有求必应,金玉满堂"的檀香,上一份随心布施,听一听僧侣的呢喃,看一看形态各异的佛像,然后重新披满阳光走出五朝门。

也有一些人畏畏缩缩、迟迟疑疑地踱进山门,一脸失意,满腹幽怨。他们不去敬香,也不去礼佛,只木木地打量那尊浑如老僧坐定般的舍利塔,也许只是一炷香的工夫吧,原本杂乱混沌的思绪慢慢变得有了条理,一种醍醐灌顶的顿悟了然于胸。这一些

因缘邂逅圆照寺

人隔不了多久也要走出山门,只是走出山门的步履坚实了许多,目光已不再游移,晦暗的神色或被笑容所代替,这是独特氛围赐予造访者的力量。

圆照寺的每一天,都有这样或那样各怀心事的香客走进来又走出去。通常,小和尚起床的第一件事就是打扫寺院。从藏经楼下扫起,经过都刚殿前的大钟,经过舍利塔,由上而下一直扫到大雄宝殿和天王殿前。当他拎着扫帚打开山门时,忽然发现早有香客候在那里了。

那时,太阳或许刚刚爬上左侧的黛螺顶,清水河上泛起一层乳白色的晨雾,悦耳的鸽哨声从塔院那边传来,小和尚恭敬地道声佛号,侧身把香客让进来。

很可能,任何一个初入圆照寺的人迈出的第一步都不顺畅,即使常来常往的居士也怀揣了一份忐忑与恭敬,但圆照寺熟稔的檀香味很快打消了香客和游人的顾虑。当然,也有人未必能够体悟到那种味道的宽容与圆融,他们只觉得圆照寺是一本他们读不懂的经书——书里记载了一些事、一些人,那样的故事、那样的人物都不是他们所能理解的。其实大多时候,还是我们想得太多了,寺院就是一座寺院而已,它不可能掳去你什么,也不可能强

麻纸的光阴

行改变你什么，你好比像在自家的祠堂里随意地走走看看，甚至当铜制的法声板当当敲响后，还可以与僧侣共进午餐。当你面对一份米饭，几个台蘑馅饼，或是一碟凉拌合菜时，自然会想起从前的出家人每天要去施主家化盆米的辛苦，一粥一饭当思来之不易。

这是被一道厚实的山门隔断了的生活。

餐后的时间同样塞满了内容。年轻的和尚擦拭着黄铜法器，年老的和尚掐数着一百零八颗佛珠，几个常年寄宿寺院的居士翻阅着佛经。圆照寺的住持海信从禅堂里出来，头戴一顶尖形的僧帽，身穿一件拙朴的僧袍，站在罗汉堂前，仰望着雄伟的藏经楼。藏经楼里珍藏着一部卷帙浩繁的《大藏经》，正藏、续藏、别卷，林林总总数万余卷。这样的经卷，海信不知翻看过多少了，一边参阅，一边感叹自己修为还是一片空白。

四十七岁的海信上师在每天早晨和午后，喜欢在藏经楼下凝神片刻。片刻之后，海信绾结的眉头舒展开来，脸上泛起晨曦般的红光。圆照寺每一方青砖上都重叠着历代高僧或帝王的龙趾凤窝，这样的历史积淀往往使我们对这座古刹产生了不尽的联想。

虽说高峻的红色院墙，挺拔伟岸的三学讲堂，甚至修葺一新

因缘邂逅圆照寺

的山门,无不出自清海与海信师徒执手摹造,但任意一处新迹或故物都似乎一起存在了几百年,它们与寺院的布局有着惊人的契合。背倚渐次升起的灵鹫峰,脚涉残冰未消的清水河,无论以怎样苛刻的目光来观察圆照寺,它都是那样顺乘生气,地脉钟灵。

我们在七百年的寺院里走走停停,停停走走,走得很累,时间的时针、分针和秒针如荆棘般铺满了脚底。当我们一再被寺院古旧的房廊钟塔吸引去目光时,恍惚觉得鼻翼里也充满了隔世的味道。不是错觉,也非幻觉,而是一段不算太长的历史最真切的回溯。随便一通碑铭,一座香炉,一个殿翼下的斗拱,一盏油汪汪的佛灯,莫不是青庙与黄庙最直白的记录。在圆照寺,最不容易数得清的既不是方砖上层层叠叠的脚印,也不是蒲团上重重叠叠的膝盖印,而是大殿内形形色色的塑像。神态端庄的三世佛、笑口常开的弥勒佛、潜心礼佛的摩诃迦叶、广闻博识的阿难、头戴宝冠身披璎珞的帝释天、骑坐在狮子背上的文殊菩萨,还有四大天王、十八罗汉……不同的神态,不同的衣饰,不同的举止,不同的色彩,让我们目不暇接。

那一天,我们花了很长的时间想要解读圆照寺,感知圆照寺。我们用眼睛,用双脚,用思维和语言,几乎使出了浑身解数,想在有限的时间里粗略地读完这本经书。最终呢?最终我们

麻纸的光阴

也不敢说对圆照寺有了十分透彻的了解。圆照寺给予我们许多未曾有过的思悟,而我们在寺院里只留下一些虚无缥缈的影子和声音。

你说,那只不断出现在我们视线里的鸦雀呢?

我们四下里寻找那只其貌不扬的鸟,来来回回地找,最后在藏经楼的兽脊上找到了。那只通体乌黑、充满灵性的飞鸟啊,早春料峭的山风掀动它柔软的羽翼。黑鸟淡泊而宁静,俨然一个入定的老僧。

记得多年以前,乡下老家的房檐下住了一窝燕子。燕子夫妇忙忙碌碌地飞走又飞回,不停地觅食,不停地修补巢穴,歇下来的时候,两只紫燕驻足在窗前一棵枣树上。那时枣花开烂了,米黄色的,叶子也有指甲盖儿那么大,在色泽灿然的枣花枣叶里,一对卿卿我我的鸟儿轻声唧哝着什么,间或整理一下羽毛,有时还偏转脑袋互相端详着对方,很温馨的画面,如同我们生活当中相濡以沫的一对小夫妻。用心一点,甚至能够听懂它们之间的交流,是为情而发呢,还是为事所伤呢……而今,我们在圆照寺里看到的却是一只独来独往的鸦雀,这只不食人间烟火的小生灵箕踞在藏经楼的殿翼上,就像藏经楼的主人。它想什么呢?我们猜

因缘邂逅圆照寺

不透它。那鸟或许是从遥远的七百年前飞来的吧？或许它还记得了性和尚初入山门的样子吧？它也记得室利沙住持晶莹的舍利子是怎样一粒一粒摆放进金刚宝塔下的情景吧？它还目睹过康熙大帝赐予圆照寺的"胜幡西振"御匾吧……其实随便一只鸟，一只犬，一只不拘什么的小小生灵，只要生活在被檀香熏染的空间内，或许都会与红尘中的同类有所区别：有了不同的思想，有了个性和涵养，有了非同一般的禅定……

是一种无所不在的因缘吧，我们偶然与圆照寺邂逅在早春三月。

冰未消融，柳未发芽，自然界的风花雪月都还窖藏在萌芽里，而我们看到一朵披满佛光的莲花却已盛开在菩提树下。

春来山脚看杏花

杏花疏影里，吹笛到天明。

宋高宗绍兴五年春，四十六岁的陈与义在江苏一个叫青墩镇的地方，忽然想起故乡洛阳的杏花来，陈与义不谈洛阳牡丹，偏偏追忆少时的长沟流月，少时的杏花疏影，可见杏花在他灵魂深处的位置。

南宋时期还有一个头顶戒疤的僧人名叫志南，他一边礼佛，一边作诗，"沾衣欲湿杏花雨，吹面不寒杨柳风"。这是僧人在暮春时节感受春日暖暖的一种惬意，他不说人面桃花，不说佛国莲花，偏论盈盈杏色，又把霏霏春雨比作深情款款的杏花雨，可见方外之人也有率性之情。

我们不敢说宋朝诗人眼里只有杏花，但蕴藏在杏花芬芳里的诗意是可以确定的。

宋朝离我们太远，我们不妨在身旁细细体味由亘古传承而来

春来山脚看杏花

的如雪杏花,比方早春时节的眉应口杏花。

眉应口是一个村庄的名字,在定襄县城南。民国以前人们把眉应口称作眉堰口,谈不上有什么典故,有什么来历,反正几辈子都么叫下来了,到了后来,或许是为了简化笔体的缘故,就有了现在的村名。眉应口也好,眉堰口也罢,都是很随性的叫法,应该说与杏花无关,与花事无关。但在今天的眉应口,每至春日,白白粉粉的杏花闹纷纷地缀满山庄四周的枝头,好多游人嗅着花香去了,或与娇嫩的杏花合影,或于杏花树下踏青野炊,或流连于杏林之间搔首弄姿,不为别的,只图沾一点儿春天的颜料,只图与大好春光融为一体。

别的地方可能以桃为美,以梅为贵,或以丁香海棠为最,唯有眉应口是备受宋人宠爱的杏花,这是眉应口的别致之处。因了它的别致,所以每一年眉应口花事都很繁盛,乡政府通往眉应口的一条凹凸不平的乡村土路上,大小车辆滚滚而来,卷起的浩荡尘土犹如一条戏水的黄龙。下车伊始,人们三五成群,穿越尚未耕耘的农田,如一群出笼的鸽子鸣着鸽哨飞向杏花的海洋——也不能称其为海洋吧,勉强算是一片杏树组合的方阵,红红火火的花事在方阵之间铺开,极尽奢靡。花事的主角本该是鲜花,而

麻纸的光阴

眉应口花事一看就是把杏花排挤在边缘的位置，倒是那些脱离城市的纷扰，又来纷扰杏花的市民成了此间主宰。这样的喧宾夺主让腼腆害羞的杏花很不适应，双方缺乏起码的信任和互动，游人的热情对杏花来讲简直是一种蓄意的谋害了。

古人在对待花事方面显出高于后人的豁达，风雅而不失自我的气度，随意地在家门口把风景看透，随意地在蔡侯纸上留下对每一件花事的体感和描述，因为身边的花事在一年四季里流水般绵绵不断，所以少了些一惊一乍的讶异，多了些把酒芳丛、暗香盈袖的平实意象。

在眉应口的杏林树下，已经听不到类似陈与义的《临江仙》或是僧志南的《绝句》了。今人在观赏风景的时候一边摆弄着花人合一的造型，一边想着杏花之外的烦心事，无论感性或是理性，与古人相比显得更加俗气了些。其实俗气有俗气的好，红尘中人谁都不可能活在单纯的春华秋实的情调之中，谁都不可能只在乎形而上的抽象意境，那种纯粹而随性的词句，也只能构架于节奏儒雅的宋朝了。

对俗人来讲，赏花是一种乐趣；对文人来说，赏花是一种情趣；对眉应口的农民而言，一朵杏花是一枚杏子的前身，繁花似

春来山脚看杏花

锦是杏子成熟的预演,这与生物界的被子植物繁殖论不谋而合。不能要求所有人在看待杏花的时候都恪守同一种境界或情操,起码村人在栽种杏树之前一定没想过妖娆的杏花日后会招惹来那么多文人骚客、雅士名流借景抒怀,释放性情。雅士们在咏叹春色、无病呻吟的忘情之时,往往会把手伸向柔弱的杏花,以至于摧花折柳,饕餮秀色,落红满地。倒是古人也有同样的喜好,当年陆放翁在临安一所简陋的小楼里,聆听了一夜淅沥的春雨,天明时分,苍苔斑驳的小巷传来叫卖杏花的声音——"小楼一夜听春雨,深巷明朝卖杏花"……那又是诗情画意里的宋朝了。

我是相信杏花有感觉的,摘一朵杏花,一枝杏花会疼的;撷一枝杏花,一树的杏花也会疼的。花萼是杏花的皮肤吧,花冠是杏花的骨肉吧,花蕊呢?花蕊应该是杏花的心脏了。杏花在含苞的时候,如娉娉袅袅十三余的娇媚女子正值豆蔻梢头二月初,那种含蓄的雅致,那种欲语还休的矜持,不是任意一个凡夫俗子敢染指的;杏花在绽放的时候,应该是"碧玉年华足怨思,珠喉解唱净琉璃"的二八女子了,那种深达骨髓的幽怨,透着少妇般的迷离,既干净,又温婉,少了一些稚嫩青涩之意,多了一些淡泊宁静的情怀。无端地去打扰杏花花期的静谧,尤

麻纸的光阴

端地去捡拾杏花之下伪装起来的心情和状态，对我们，对杏花其实都是一种负担。

无论花开还是花谢，造物主已经做好了约定俗成的安排，就像树下那些栖居在另一个世界的老人，他们恬淡地看待自然界的风花雪月，云卷云舒，不以物喜，不以己悲，是何等倔强清高，何等超凡脱俗；就像树下从容走过的羊群，它们亲近自然的思想完全出于谋生的本能，杏树在它们眼里是一个有所谓或无所谓的物化的标志，而粉粉嫩嫩的杏花在它们眼里是超然物外的一些符号，唯有生命的过程是实实在在的，是不可替代的。

我倒有点怀念陈与义和僧志南了，一个在古都洛阳，一个在禅悦的寺院，他们在同一个时间段感受到不同的生活况味和春色意境，那是怎样的恣情山水，无拘无束啊。我甚至在想，或许陈与义和僧志南的人生里在每一季都不缺鲜花点缀吧？"桃花烂漫杏花稀，春色撩人不忍为"当然是孟春了吧？"庭前芍药妖无格，池上芙蕖净少情"是初夏吧？"荷尽已无擎雨盖，菊残犹有傲霜枝"一定是深秋；"一树寒梅白玉条，迥临村路傍溪桥"已是寒冬腊月了……那样的年代，那样的风物，花香是不缺的，每一朵适时而开的鲜花都能轻轻松松、本本真真地绽放，不必负载太多的觊觎与感怀，不必接纳一群又一群被俗务缠身，又被雾霾

春来山脚看杏花

浸淫的游人的触摸,所以,寂寞的杏林才是杏花演绎大美的良辰吉时。

眉应口杏花的花期不长,短短数日,花老了,叶浓了,一地枯萎,烦琐农事开始排上日程,已经有拖拉机在田野上驶过,飞扬起滚滚的尘土久久不散……

很快,游人从落花的杏树下消失了,来年的花事尚远。

拜谒音乐之神

是从广袤的田垄里袅袅飘过来的,拂动故乡村口那株老槐和老槐树上的繁枝翠盖;是盘绕在谁家散尽炊烟的屋瓦上,而那不绝如缕的响声最终注入我水波不兴的心湖。顷刻间,心湖荡开涟漪,水晕一波一波扩散,有了桃花汛的气势,有了酣畅的流水一样的快板音腔。喧腾得犹如快马轻蹄,清丽得好似百啭黄鹂……

那是故乡戏台上轻灵的开场锣鼓呀,梆胡,二弦,三弦,四弦一个劲儿地响。当这一段缤纷的过场落下去,梆子戏里的须生、正旦、花脸就鱼贯登场了。

那一串清新的倒拖腔,那一声委婉的弯调腔,那一句精妙的滚白,莫不是心身与灵魂的陶醉和享受。不清楚黄帝的《咸池》,尧帝的《大章》,舜帝的《大韶》里有没有这种余韵不绝,绕梁三日的神效,而我惊奇于音乐曾浸润过我肤浅的记忆。我正

拜谒音乐之神

是从乡村洒满七彩音符的泥泞的田垄上蹒跚走来,清晰地看见音乐的翅膀在天地间挥洒如绚丽的霓裳……

一 民间的长"风"

当北路梆子里的"秦香莲""王宝钏"们咿咿呀呀仍在我耳边回环时,家乡特有的"八音会"业已后来居上了。

笙、管、笛、箫、镲、梆子以及唢呐又以别样的质朴和豪放演绎着黄土地上多姿多彩的民风民俗。婚礼寿诞,庆典开张,祈福禳灾,庙会社戏都离不开"八音会"的帮衬。《大得胜》《凤还巢》《抬花轿》等老得掉牙的乐音在艺人们精湛的吹拉弹唱里乘鸾驾凤般翱翔过来,如百鸟朝凤般云集于乡野一堵矮墙旁、一座牌坊下、一条沟岔里。高堂西去,周年祭祀,一曲《西方赞》足以让路人为之顿首,为之蹙额。春秋时的徐逯娘子可能就是操着这一种哭腔让丁都护送她的官人"上路"的……

记得有一年元宵节,村里请来几班子享誉忻定盆地的"八音会",在十六个生产队里"转旺火"(北方农村一种庆典仪式)。四千多人口的村子几乎倾巢而出,在熊熊炭火前聆听笙与唢呐的联袂表演,多少黄板牙龇在干裂的唇外,呵呵笑着听稀罕。艺人

麻纸的光阴

里有位姓史的老人在没有间歇的吹奏中,可以将唢呐大卸八块并像杂耍一样抛在空中、花样迭出,悦耳的唢呐声仍在他口齿间徐回曼转。吹者忘乎所以,听者陶然自得,那真是笙箫如潮,人亦如潮!当年孟夫子极力倡导的"与众同乐乐",在荒芜的乡间反显出它的价值来。多少年后,我依然觉得那该是音乐在这片黄天厚土间的最高境界了。

不知道"兰花花"是不是独自盛开在陕北贫瘠的山窝窝里;不知道"走西口"是不是北方农民赖以谋生的唯一出路;不知道正月里闹红火的秧歌队是不是黄土地上最具魅力的音乐人,但"国风"典雅的乐理一定在"二人台"和"信天游"里有过最为精辟的诠释,包括内蒙古的"爬山调"以及璀璨在大西北的"花儿"……

《诗经》以"思无邪"著称,而《诗经》中吹来的歌"风",是从两千多年前十五国广袤的田亩上涌来的和煦的音乐之风;是从鄘地的野人嘴里,从柏舟的静女口中,从"宴尔新婚"和谐如琴瑟的彤管中,从"关关雎鸠,在河之洲"上习习而来。我深知那才算是最纯正最纯粹的音乐盛宴哪,并且从远古一直咏唱到今天,浸染到梆子戏里、唢呐声里,甚至周杰伦的"青花瓷"里……

拜谒音乐之神

音乐是这样一种东西,无色无形无味,却具有非凡的感染力与渗透力,是人类自觉地利用外物或自身的发音器官演绎出来的一阕或多阕能够让耳膜与灵魂产生共鸣的音符。可以跌宕起伏,婉转绵长;可以诡谲奇异,散乱欹斜;可以优雅闲适如一组《长亭序》的拓片;可以模糊厚重若国画里对山石建筑的钩皴点染;也可以是很简短的一节音标,很局限的一段音区,是工尺的错位,是爵士乐的切分法。它可以讴歌自然,讴歌生活,讴歌浪漫的爱情和勤劳的农事。目光所及,手足所触,心灵所悟,都是音乐诠释的主题。在如此丰厚的基石上,音乐可以矗起一座摩天大楼来,音频可以高低缓急,音色可以字正腔圆,音程可以疏散无序,但受乐人往往会喜会忧会大笑会恸哭会纵情会想象会忘我地舞蹈和释放激情……凡此种种表象都是对音乐最直观最朴素的感悟,都是音乐杀伤力的恣意渲染。

至今没人愿意相信,音乐的根蒂深植于泥土中。人们乐意认同那些流行音乐,是音乐人闭门造车的结晶,而竭力反对它的溯源。其实,音乐是从久远的阡陌间发掘而来,歌者大多是布衣芒鞋的樵夫、船夫、轿夫或农夫,他们不懂音律的排列组合,不懂音域的开放闭合,不懂音韵的顺畅晦涩,歌为情发,曲为感言,

麻纸的光阴

"彤管有炜,说怿女美"……正如孔子的弟子公孙尼所言:"凡音之起,由人心生也。人心之动,物之然也。"

浩瀚的民风民乐在我身边这块土地上吹拂了几千年,它柔润的风指轻轻触弄我渐显斑白的头发,而且还在不间断地向我身后的人掠去。

那是永恒的音乐长风啊!

二 导致亡国的"雅"乐?

探讨音乐的起源有时会进入一个误区,比方推究远古的某某茹毛饮血的同时怎样造就了一代音乐的鼻祖?比方推测远古的某某于纵横捭阖的政治旋涡里如何能悠闲地弹得一手好筝?比方远古的某某居住在四面漏风的"五柳先生"的破房子里仍然苦思冥想着音乐的发展走向……那是历史学家、音乐学家、考古学家们寻幽探微的细活儿,对我们来说,有关音乐的认知,完全可以从简单的皮毛入手,以轻松愉悦甚至自我陶醉的眼光与心态来玩味音乐的精神和内涵。

顺着这条清晰的脉络摸索相对高雅的音乐来源,会让我们油然想起夫子们维系起来的等级秩序。于是我们果然从士大夫的峨

拜谒音乐之神

冠博带间窥视到某一种音乐是因循《吕氏春秋》的竹简缝隙文绉绉地飘散出来。"投足以歌八阕",每一阕貌似正统的雅乐都渲染着葛天氏精雕细琢的才华和思想。

显然,音乐不知从什么时候起,已经端上了贵族的餐桌。为封建集权阶层出谋划策的孔夫子一直以为"弦歌之声"只适用于贵人。他自己就是贵人,贵人所学所奏所赏所乐的都是雍容华贵的雅乐,无论大雅,无论小雅。就像舜时的《大韶》一样"尽美矣,又尽善也",而且要付出三月不知肉味的代价来孜孜以求。不知孔子最终在音乐方面有何建树,反正他的弟子曾皙就喜欢鼓瑟而歌,所谓"咏而归"。于是音乐之声在很长一段时间里,是顺着上元宫廷漫起的凤箫声动,优雅地编织在长安街头的千万花树间,成为古代士族阶层一道必不可少的精神大餐。

可能帝王将相的精神依托除了贪恋女色外,就只剩下饕餮音乐了。

被那个"长八尺余,力能扛鼎"的楚霸王纵火一炬后的阿房宫,遗址至今仍旧回荡着"朝歌夜弦""管弦呕哑"。不难想象,始皇帝肯定是唱着雅乐酣睡进兵马俑所庇护的秦陵之中的,他全然不顾胡亥竖子把他的大好河山拱手让给了刘邦小儿。在骊山脚

麻纸的光阴

下的封土堆里,他仍然迷醉于集六国丝竹之大成的宫廷雅乐的滔滔声浪里,享受着那个世界里的歌台暖响……

帝王们纵情声色的本能是与生俱来的,同样也是无师自通的。每一个封建王朝的更迭,并未影响到宫廷音乐的完善与发展,他们从倾国倾城的宫娥里遴选亦歌亦舞的歌伎舞伎,再以形体的婀娜渲染音乐的声腾华蔚。

自称嗜好雅乐的齐宣王,仅乐意把"钟鼓之声与管仑之音"封闭在大殿上。他是属于音乐的一个看客或是门外汉,并没有把握住音乐所包容的万象风景,虽然他所谛听的音乐一定是所谓的"大雅"。楚怀王也未必属于音乐的行家里手,但他的宠妃郑袖小姐却是个不折不扣的"美而善舞"的优伶,她旋转的华美舞步里一定交织着令人神迷的东西。

为了增加互动,一向以天子自居的帝王,甚至与歌姬们打成一片,有人甚至想要过一把词曲唱三位一体的时尚瘾。能够在"雅"致的音乐里做一回弄潮儿的天子们,最具代表性的莫过于后唐庄宗李存勖了。他不仅喜欢音律的创作,而且还曾粉墨登台献艺,取艺名"李天下"。直到在伶人们咿呀咿呀的歌声里把李氏"天下"信手"犒赏"给了别人。还有一个陈后主。陈后主不单洞晓音律,而且诗词歌赋无一不精,这样一个多才多艺的才

拜谒音乐之神

子,如果生在普通的官宦之家,或许还能在音乐或文学方面有所造诣,就像以琵琶殉葬的阮咸,就像以琴曲《凤求凰》挑逗卓文君与他雪夜私奔的辞赋家司马相如。可惜他投胎的是帝王世家,他乃一国之君,大雅里没有治国之道,只有亡国的慢板。孔张二妃虽然可以婆娑起玉树后庭花的眩晕和曼妙,却只能陪王伴驾躲在胭脂井里沦为阶下囚。我们不禁要为那些探索音乐的天子帝王们掬一捧热泪,以悼他们不吝亡却的泱泱故国。

陈后主驾崩后,据说还有个李后主。李后主驾崩后,能够驾驭音乐的君王好像一个不剩了。然而"雅乐"并未因此而消弭,曾经的太常雅乐和后来的唐教坊曲一直源源不断地为帝王之家输送着一首首销魂的华美乐音:宴乐、清乐、散乐,宫伎、歌伎、优伶……其间袅娜过严蕊脱俗的妖姿,也有过姜夔、周邦彦之流"玉艳珠鲜"的牵强附会;还有幽怨的元曲,还有委婉的昆曲,还有铿锵的国粹……

"相和歌"的自然明快,"塞下曲"的深沉苍凉,"浪淘沙"的凝练简朴与"忆江南"的婉约柔媚,古乐府和唐教坊里不断飘逸着环肥燕瘦的瑞锦水袖,波动着汉时的典雅,唐式的奢华,宋代的抑扬……大雅的音符在工调与和弦,震音与滑音的排列组合

麻纸的光阴

下,日益彰显出一幕幕可歌可泣的浪漫与狂想。那是离开泥土后的空洞之音,却一直迷醉着帝王、官宦们的精神生活。

三 席卷大地的"颂歌"

除了"雅"乐,音乐的脉管里也跳荡着关于"颂"的不朽音符。

《周颂》只是"周颂"而已,《商颂》也只是"商颂"罢了。贯穿古今的"颂"乐,不仅仅关乎帝胄宗庙的祭祀。佛家有"六尘"一说,声色是沙弥们非戒掉不可的尘缘孽障。音乐在释迦牟尼眼中难道只是滚滚红尘当中一束刺耳的杂音吗?所幸,为佛家所唾弃的"声色",并未涉及乐理的层面。

"桑条无叶土生烟,箫管迎龙水庙前。朱门几处看歌舞,犹恐春阴咽管弦。"

一样的音乐,不一样的心情,冥冥中管雨的雨工也奈何不了乘肥马、衣轻裘的公子衙内花天酒地的糜烂生活。音乐在这时候反而显得似是而非,差强人意。倒是一个叫作赵普的丞相在大雨滂沱中忽然想起深陷苦难的苍生,希望大雅小雅的丝弦在这时候能奏出"颂"歌的一线慈悲,为久旱的庄稼祈来一阵如饴的甘霖。

拜谒音乐之神

可惜历史上仅有一个赵普,可惜历朝历代如蛆如蛹般蜂拥的顶戴花翎的雅兴里,尽是一出出挥金如土的堂会。

让人犹感欣慰的是,音乐里纯粹的"颂"歌并没有沾染功利色彩,它是一些清纯的闪光的乐谱。每一个试图借音乐来歌功颂德的帝王,其结果却让后人只记住了音乐。时至今日,能够镌刻在人们心页上的还是那些纯音乐的旋律,比方像皮黄音乐的新板式,激昂,精美,刚毅,流畅。

音乐尽管只是一个框架,但精致的框架总能给予听者无穷的精神享受。带有浓重檀香味儿的颂歌,无论在哪个朝代都不会禁锢于朝堂之上,它或优雅或凝重或清丽或抒怀的情调,顺着宫殿的丹墀流向寻常市井,浸染了尘世的各种仪式和生活流程。

即使是音乐空前繁荣的今天,分门别类的音乐里充斥了大量的浮躁与自我元素,而颂乐的主题仍能从民族或西洋乐器里得到完美的演绎,并有风与雅相互兼容的艺术风韵。

那么,又该怎样区分音乐的纲、纪、目、要呢?

我们不可能笼统地认定音乐就是祈祷丰年的颂歌,就是《霓裳》《六幺》等属于长安乐伎的点拨吹弹,就是"静女其姝,贻我彤管"的风情流觞,就是曹善才的琵琶邹忌的古琴,就是西子

麻纸的光阴

湖畔名娃歌妓的浅吟低唱；就是"80后""90后"时尚男女的街舞和嘻哈……真正的音乐远不只这样简单。

音乐不只是丝、竹、笛、箫流射出来的缥缈音符，也不只是帕瓦罗蒂和放羊汉阿宝响遏行云的高音，它可能是清风拂动树叶的轻响（但又不是"屋上松风吹急雨，破纸窗间自语"那种）；它可能是草尖上坠落晨露的叮咚之声（但又不是"秋风萧瑟天气凉，草木摇落露为霜"那种）；也可能是托马斯捕捉的"上空的蚊蚋之群缥缈的和声"；还可能是"百啭无人能解，因风飞过蔷薇"的画眉鸟的轻薄之声；或者是石钟山前类似无射钟的"函胡之音"。此外还有什么呢？比方"好鸟相鸣，嘤嘤成韵"；比方古刹的风铎磬响；比方柳敬亭的口吐莲花；比方张孝祥的扣舷独啸；比方鲁镇旧历年底送灶的爆竹；比方春燕的呢喃碎语，秋叶的悠然坠地；比方苍月下村落里一长一短的犬吠……"花落家童未归，莺啼山客犹眠"……这样的声息是造物主赋予人类听觉系统的梦幻般的享受，抑或就是一个标准呢。

当世界上只剩下呼啸拍树的寒风和笼中困兽的嘶吼时，当人类散失一切源于自然的美妙音响时，物质富有的人类只好蜷居在豪华的象牙塔里歇斯底里了。能够聆听的除了洪水猛兽般凄厉的

拜谒音乐之神

悲鸣，就只有脉搏雄浑的振荡或错乱，精神的高度紧张或颓废，并且在惶惶不可终日的时空里把一切愉悦、希望和信念都寄予了外物。

尘封在庙堂里的"颂"歌可能已经蜕变成击碎瓦罐的噪音。音乐啊！

四　人类不是音乐唯一的缪斯

虽然十分纯粹的旋律都是人类以饱满的激情和灵动的构思一蹴而就的，譬如远古的《高山流水》，还有后来的《十面埋伏》，还有再后来的《梁祝》或《喜洋洋》，以及那些舶来的交响曲、圆舞曲等等。人类在创造音乐的同时，不经意间忽略了来自外界的天籁。

泉水激石的泠泠作响肯定包含着风、雅、颂所难以涉及的东西。它亘古地绵延于历史与山川地貌间。在鲜有人类的地质元年，或者在有了人类的新石器时代，在人类不断衍生变革进化和相互倾轧的纷扰时期，"鸟雀呼晴，侵晓窥檐语"，自然的呼吸总以一种优哉游哉的姿态造访人类的视觉听觉，淅淅沥沥、窸窸窣窣、浅吟低唱……

麻纸的光阴

唐朝诗人李贺曾有一首脍炙人口的七言诗《李凭箜篌引》,他描写了一群音乐的骄子,擅弹二十三丝的李凭,善于鼓瑟的素女,神山上弹动箜篌的神妪成夫人……无一不是人类所能想象到的音乐奇才。蒲松龄笔下有位女神仙叫作云和夫人,她于绡囊之中取出五尺长的非琴非瑟的乐器来,玉腕曼舒,丝竹之声"烈足开胸,柔可荡魄"。也许这是古人所能模拟到的非同凡响的乐章了。也只有自然吧,只有梧桐兼雨、橹桨欸乃才能"相与和韵"!

"明月别枝惊鹊,清风半夜鸣蝉"一定是音乐了,倒是远古歌台舞榭的风雅余韵不再算是唯美。那个辞官不做只肯在疏篱下悠然采菊望南山的五柳先生,也曾面对窝头咸菜沾沾自喜,说他过着"乐琴书以消忧"的神仙日子,那么陶公的琴弦上也一定舞蹈着翩翩蝶韵和嘤嘤蜂鸣吧?

"独坐幽篁里,弹琴复长啸",也许只有王维才肯摒弃世俗的杂念孑然置身于化外,琴起琴落,抒胸臆于指捻间,歌志趣于山壑中。人与自然得到最完美的契合,王维堪称是个中典范,后人少有超越其上的。这一定也是因为音乐了。

如果没有这种质朴的音乐存在,人类的生活就缺乏神奇的灵

拜谒音乐之神

感和美妙的节奏,就体会不到意念之外的柔情与刚烈,就享受不到"裁云缝雾之妙思,敲金戛玉之奇声"的纯物化的音乐精髓。那种铿锵的可以振奋人心的东西,那种缠绵的可以抚慰伤痕的东西,那种律动的充满质感的东西,那种"爽籁发而清风生,纤歌凝而白云遏"的东西,就与人类毫无瓜葛,也只能算是天外的声籁,人间闻所未闻。

换句话说,如果"高山流水"仅仅是冰山融化后一幅画上的风景;如果"阳春白雪"仅仅是倒春寒的一种回光返照;如果扬州二十四桥只是一些量化了的数字;如果琵琶只是从波斯引进汉唐的一副精致木雕;如果那些柔媚轻佻多姿多彩的词牌名,诸如"乌夜啼""上西楼""一剪梅"之流,只是乐工们和瞽师们偶尔流露出的悟性和华丽辞藻的无节制堆砌;如果他们的技痒又无法传染给皇亲国戚,乃至于红杏出墙,泛滥于市井、乡野;如果诸葛孔明于田垄间吟唱的是荒诞不经的"山海经",而非愤世嫉俗的"梁父吟";如果高渐离击打的所谓"筑"也仅只是用来袭击秦王的独门暗器;如果荆轲苍凉的和唱只是关于秋风与易水的无病呻吟……那么,多少传世的旋律,民族的奇葩,陶冶情操震撼人心的华美乐章都将不复存在。人类赖以伪装的高雅面具因了音乐的流失而褪去起码的光泽,尔虞我诈,笑里藏刀,都将明白

麻纸的光阴

无误地展露在光天化日之下。人们惯常用高分贝的噪音来进行交流和交涉;"每闻琴瑟之声,则应节而舞"的风雅逸事居然化为奇谈;庖丁解牛时"奏刀騞然,莫不中音,合于《桑林》之舞,乃中《经首》之会"真就成了庄周先生一手炮制的无稽之谈。从没有音律的洪荒上古跋涉而来的新生人类,面无表情,目光呆滞地嬉笑怒骂,想唱的时候只会吼,想舞的时候只能模仿猿人与大肚子袋鼠……

正因为我们感知音乐,倡导音乐,推崇音乐,对于音乐就应该有多层次的理解和参悟。可以用不惯常的手法,假设它的反叛性与多面性,这样或许对音乐的诠释能有更精辟的见地。你想象吧,即使曾经有过音乐,可能在齐宣王或者李后主之后,由于种种不可知因素,音乐最终夭折了,就像一本武林秘籍的灰飞烟灭,就像彭祖长生不老偏方的无端失传,就像风行于汉唐时代的丝路飞天歌舞湮没沙底。那么,当年那些擅唱民歌的后裔们,包括那些头缠白羊肚手巾的王向荣和身穿红袄绿裤的兰花花,面对着黄土铸就的山峦和白团团的羊群,欲唱又止,如鲠在喉;大河上下那些见风使舵的船工们,也只好屈服于没有号子的漩涡里难以自拔;青庙黄庙里曾经振聋发聩的佛音,一时成为绝响,面对

拜谒音乐之神

青灯黄卷的沙弥们,经歌已成故事,呢喃只是心语……

我们上一辈或上上一辈的先祖,独自骑坐在驴背上,行走于空灵的平川河套里,仰望巍巍群山会哑然于鸟与树的默然吧?俯瞰汩汩流水会诧异于苍苔的润滑吧?遥想曾经响彻彭蠡之滨的"渔舟唱晚",几近于梦幻……

黄钟毁弃,只留下瓦釜雷鸣,你不觉得这种假设是对传承文明的人类莫大的嘲弄和讥讽吗?

五 但是,音乐毕竟是永恒的

从上古尧舜的"箫韶之韵"起,我们的祖先就一直浸淫在音乐的襁褓里,吮吸人类自己雕琢而成的丝弦的乳汁与营养,并且一代一代地延续下来。从《桑林》里我们能够感觉到"有女如云"的姿美,并且导引出后世的"春江花月夜";从高渐离与荆轲苍凉筑歌的"变徵之声"里,我们可以把玩义士一去不归的慷慨况味,并且知道向秀因何眼泪模糊于嵇康的故宅前;从优孟摇头而歌、庄子击缶而歌的滑稽戏里也不难体会到世态炎凉,并且教会我们要感恩世界,善待人类……

《左传》记载,季札出使鲁国时看到舜时的乐舞,不禁击节

麻纸的光阴

赞道:"观止矣!"

音乐的确是越古老越有嚼头,因为它的永恒,因为它的源远流长,因为它的蕴藏深厚,因为它的意味无穷。

"我有嘉宾,鼓瑟吹笙。吹笙鼓簧,承筐是将。"这是《诗经》对音乐的直观记录,由此可见音乐早已渗透进人们的衣食住行里,不仅帝王将相的寝宫可以被音乐的霓裳所覆盖,就是那些为生计奔忙操劳的草民布衣也同样乐在其中,悠闲地琢磨着音乐的真、善、美。我们的祖先在闲暇之余,喜欢游历山水,听松涛灌耳,浪打浮萍;闻竹弄清影,月溅深潭。而山涧里的流水所弹拨出的缕缕清音会伴随着寄宿在庙廊下酣睡的先人们到天明。这种源于自然的风、雅、颂全无帝王的意旨,也删略了太常们的加工与润色,单独造化于天地,为至乐而流淌,为至理而婉转。那些遁世的贤哲莫不深谙个中三昧。

音乐真的可以改变一个人的情绪与性格,甚至改变人的一生。

在李后主殿下有个进士叫韩熙载,虽颇有匡时济世的才华,却因恃才傲物而不受重用。进而壮志消磨,精神涣散,他想以耽迷声色、混迹脂粉的毒药来疗伤。于是,那个风流倜傥的韩熙载,卧听歌妓弹琴抚筝,挽袖击鼓呼琴应瑟,满腹的经纶,一腔

拜谒音乐之神

的抱负就那样一点点耗尽了。

如此说来音乐也充满了淫靡的诱惑,就像金钱一样,就像罂粟一样,就像名利一样,就像所有的欲望一样……

音乐啊!你究竟是讴歌盛世的"辟雍之乐"呢,还是玄机暗合的十面埋伏呢?是淅沥萧飒的商秋之声呢,还是圣人乐道的上古韶乐呢?但你毕竟是永恒的,你与光阴的长河同起同伏。

六 那么,谁又是音乐大旗下的王者呢?

我们浏览浩瀚的音乐家谱,上溯到穿芒鞋着蓑衣的伯牙和钟子期,谁又能断定弹琴的伯牙要比听琴的子期高明多少?

虽不能说研学过音乐的孔子就一定深谙弦歌之道,但于浔浦口聆听琵琶的白乐天实在是个可造之才——"其音铮铮然,有京都声",只有极工历算的李淳风才敢贸然下此断语,却被白先生一语中的。那时,无论京城名妓,还是紫袖红颜都于纤纤柔荑下拨动了江州司马那根极其敏感极其细柔的心弦。诗人也许原本就是为音乐而生的吧,难怪在他不朽的诗文里,句句透着音乐的蕴藉。

曾经做过匈奴左贤王妃的蔡琰,她的不俗才情,她的幽思伤感,绵绵不断地顺着胡笳的木管,一拍一拍地吹弹出来,居然洋

麻纸的光阴

溢着塞上的羊膻之气。汉家女有一天也会陶醉在羯鼓胡笳的悠长乐式里,迷失了那条回家的小路。

曾经做过无锡道士的华彦钧在二胡的造诣上已臻化境,虽然生活中的阿丙因种种生理缺陷所致,为世俗所诟病。

边城那个小地方的杜鹃,草莺以及对溪山崖上唱彻夜情歌的二老,都应是欧忒耳珀麾下不可多得的帅才。

还有漓江上可以尽情抒发中国式的"如歌行板"的山歌妹子刘三姐。

都一样是天地自然的造化。

都一样是音乐大旗下引领风骚的王者!

琴是一种古代乐器,瑟也是一种乐器,只有弦数的差别才有节律的不同。筝是一种古代乐器,篪也是。筝可以描绘臣子的怀才不遇与帝王的温文尔雅,那么篪呢?琵琶是一种古代乐器,箜篌也是。但琵琶是西洋乐器流入中土的变种,箜篌却是中国工匠独创的音乐道具。另外八音合成的金、石、土、革、丝、竹、木、匏等都是我们祖先灿烂文明的集中展示。我们在洋洋自得的同时,是否也感悟到音乐的深厚、博大和神奇呢?

音乐与人类的灵魂是互通的。尽管人类为此借助以上那些乐

拜谒音乐之神

器,产生了一批业已登堂入室的音乐王者。

此外音乐又是一桌丰盛的满汉全席,集古今中外音乐盛宴于一席,恢宏,细腻,烦琐,简括,都是音乐目录下的艺术小节,不仅能够抒发情怀,充实空虚,而且能够张扬个性,挥洒志向。圣人可能是忘情的,但我们不是圣人,我们是食人间烟火的凡夫俗子,我们需要琴瑟的和鸣,我们需要歌声的滋养和舞曲的熏染,我们需要京剧的西皮流水和东北二人转的调侃,我们需要在鹰骨做的琴弦上依旧滑翔出七个音阶的低沉高亢、十二律的起伏跌宕,我们需要从土埙的呜咽里品味到风与兽的柔里夹刚,我们需要从牛皮包的大鼓与牛角做的螺号里聆听黄土与海洋的磅礴交响。至于那些铃儿、钵儿、磬儿充斥庙宇的小玩闹里,我们也能找出今生与来世潮起潮落的轮回点数。

的确,我们是需要一些美妙的音乐来装点我们略显贫乏的精神家园。于是我们遵循着从远古飘来的悠扬节奏,度过了一年又一年,并且不断地被新时代的音符所感染所改变。菊花台坍塌的日子正是绵羊音风靡的时候,尽管清奇典雅高深莫测的咏叹调永远是米脂婆姨绥德汉们永远无法破解的谜团,但陕北的腰鼓和大秧歌所迸发出来的激情与力量同样是西方的蓝眼睛高鼻梁们无法用精确的语言加以描述的。

麻纸的光阴

我曾经在唢呐的昂扬节奏里看见春天在无叶的树枝上啁啾和跳跃；我也曾经在北路梆子的嗨嗨腔里感受到生命的茁壮和张扬。但是我又很情愿在冬日暖阳下，在冷风彻骨的萧瑟中侧耳倾听越来越近的黄鹂、画眉、鹦哥婉转的娇唱，甚至莫名地垂怜起从前那个地僻无音乐的古浔阳……

音乐啊，在每一个缀满雾露的清晨或涂满落霞的黄昏，面对流萤般穿梭于浩渺时空的华美乐音，我们只能以虔敬的姿态拜谒音乐之神，或者让你璀璨的乐章永远滋润我们的灵魂！

在那高高的山岗上

中原岗，趺坐在高岗上的村庄。

四面被或高或矮的土山石山围起来，如同岛屿。村后缠绵一条小河，断流已多时了，只剩下河名——同川河。

同川是著名的梨乡，中原岗是同川里的一个土岗，也产梨，油梨酥梨牙梨黄梨夏梨杂七杂八乱得很。东边种梨，南边种梨，北边也种梨，只有西边是一道暖融融黄澄澄的大深沟。沟梁上长满了碎碎的小白花，花名叫不来。另外还有一种草，山民们采撷其花蕊，阴干，做烹饪佐料用，土名叫插芒花，学名叫什么，不知道。

中原岗不大，也就三五十户人家，从不见增也从不见减。书香是它最欠缺的东西，只是家家户户砖砌的门楣上喜欢雕刻四个字：书香门第。村里的老者说中原岗原来是个秀才村，人人识文断字的，后来又学会了种梨果，索性就把书本给丢了，那玩意儿

麻纸的光阴

既不暖身,又不果腹,撂就撂了吧。老者说话时显出一脸轻松,好像在拉呱昨天的事情。中原岗上没听说哪朝哪代出过什么举人老爷秀才先生的,也不见谁家门口立着一根擎天柱一样的旗杆;倒是有几个常年在外做水果生意的,听说是富了,在北京城的四环里边买下了别墅。村人也不眼红,照样过着自己的日子。

中原岗地方小,选址又偏僻,从原平市一直往东走,跨过滹沱河,翻过奎光岭,弯弯曲曲涉过同川河,然后才能望见中原岗的背阴坡。背阴坡上也是梨果树,一条逶迤的曲径伸向坡顶,坡顶的那一头就是中原岗。

我们是从中原岗南面的山豁口翻进来的,有点慌不择路的意思。正是春四月间梨花盛开的好时候,白腾腾的雪梨花间杂了黝黑黝黑的树干树杈,我们看见许多男人女人踩了高脚的木凳给梨树授粉。山风掀动万千摇曳的梨花,极像阿房宫里婀娜美艳的六宫粉黛,颤巍巍地抖呀抖,弹性极好。梨花的味道嘛,只能用嗅觉来细品,讲是讲不出的。如果到了秋天,花没了,黄澄澄的梨子会挂满枝头,到那时不知又该生出怎样的情绪呢?

好客的村民告诉我们,村口那棵老梨树是棵棠梨,距今也有一千多年历史了。那是多么遥远的年代啊,是哪位中原岗的先民

在那高高的山岗上

亲手植下的呢?在他给幼梨培土的时候,一定想不到羸弱的树苗日后会成为当地的一块活化石。看上去,那树也太老了,枝干虬曲,树冠臃肿,龟裂的树干上居然开满淡紫色的小梨花,根须有一半裸出地表,占去好大一块空闲地。当然,大半的风华已零落成泥。

中原岗依山而筑,新窑旧窑参差不齐。持久而橘黄的阳光疏朗地擦过南山脊梁,洗涤着山庄的故衣,霉味和腐味破坏着春天很好的情绪。一只羊拴在谁家的窑顶上,我们看它的时候,它正怜爱地看着我们。在它够不着的地方,摊晾着一片红枣,酽红酽红,分明是隔夜的茶色。

突兀的门楼都很陈旧,精雕细琢,美轮美奂,无论哪一家的门楼都够得上是文物了。门楼旁边的院墙却少有工整的,大概土夯的墙体因年代久远,坍了,散了,让风吹走了。勤快的山民只好用板石码成一人高,墙犄角压着石雕的乌龟头。横看竖看,哪是院墙啊,马蜂窝似的,院里能瞧见院外,院外能看见院里,看来隐私在中原岗是不存在的,想有,也只能憋在肚子里。

院落的造型倒还算规范,正南正北的,巴掌大的院子也算平坦,虽是土垫的院子,却白净耀眼,见不到一星鸡屎,也见不到一根树枝。但院里养着鸡,种着树;鸡是母鸡和小鸡,树却不再

麻纸的光阴

是梨树了——而是椿树,是四月天可以掰椿芽吃的香椿树。山姑背后不再垂一条乌黑而经典的大发辫了,也时兴烫头,卷卷的,洋味儿十足;而且描了眉眼,衣服也时髦,上面是修身绲边的外套,下边是双拼连衣裙。这样的姑娘在城里也不逊色,不大协调的是工作环境,她正往猪圈里拌猪食呢。猪哼呀哼呀地叫,如一盘石磨不停地旋转,将大好的春光也研成了粉末,随了香甜的梨花风四散开来。

驴在窑后的空地上拖长声音号,干巴巴的,没有乐感,倒是肺活量还算足。山村的杂乱也许是从驴叫开始的,又到驴这儿打住。

似乎只有阳光是慵懒的。

中原岗的日月悠长且静谧。

那些门楼下的院门从不上锁,也不见有谁高声地在巷子里说话,人闲人忙不在声音的高与低。

我母亲说,她小时候经常跟着大人跑反。记得有一回曾随大人在中原岗一户人家的土窑洞里待了十多天,临走,还跟一个小姑娘拜了"把姐妹"。母亲说,那以后她就再没去过中原岗,当然也就见不到那个"把姐姐"了。我试着在村人中问了一下,上年纪的老人们都摇头说没听说过这事,即使有,那"把姐姐"也

在那高高的山岗上

怕早嫁出山外去了。好在这不是我来的目的,在我没踏进中原岗时,就已经固执地认定自己是中原岗的老亲了,目光所触,尽是似曾相识的乡情乡景。仿佛多少年前,自己就生活在这里了,东家进,西家出,跑遍了村中的每个角落。后来我走了,像是一缕青烟飘出了中原岗……

我们去的那天恰好有一家办喜事的,原以为是聘闺女,不承想是娶媳妇。这一天又是中原岗全村人的大喜之日。娶媳妇的是村里仅有的一个大学生,那天好像是全村人都在办喜事,举村欢庆,我们听见谁家的母猪也在猪圈里哼哼得有模有样。新郎新娘是大学同学,苦恋了好几年,终于有了结果。但是三天后这对新人就要卷铺盖走人,他们都有各自的工作,他们已经把家安在城里了。

喜筵在村里最平坦最阔绰的村委会院子一字排开。二十几张桌面,桌桌爆满,都是抬头不见低头见的街坊,三块钱的份子钱,一家人齐上阵。主厨的大师傅就是现任村主任,也是新郎官他叔。山里人没见过世面,不知道娶媳妇要新郎掮着新娘转圈,还要公公背了儿媳妇走独木桥。我们提议了一下,也少有人应承,于是只好作罢。媳妇娶进门,呐喊一声,男女老少洪水般卷向宴席,吃喝是最要紧的。席面是山里人最讲究的盒子席——类

麻纸的光阴

似东洋人的料理。方方正正一个大木匣,分开小小的格子,一格子花生米,一格子菜丸子,一格子放莲藕,一格子码蒸肉,七荤八素两杂烩;馒头、米糕可劲儿吃;酒不是汾酒,但也不是散白酒。喝酒的人喷溅出雾状的饭渣子,龇了黄黄的牙垢,张狂地猜拳行令;不喝酒的,风卷残云般地专心对付盒子里的美味。

这是山村里最温馨的一幕。很快,幕要谢了,一切将复归宁静,波浪不兴。

回头再提西沟里簇生着的那片插芒花。

风调雨顺的好年景,漫沟里都是这花在闹腾,山丹丹、蒲公英之类反被挤得没了脾气。西沟里敛阳,收光,阴雨天也比别处亮堂。花开烂了,满眼都是白蓝相间的颜色,再被阳光裹出一层靓丽,那景色是相当迷人的。喜欢游荡山水的李白杜甫们,肯定没来过中原岗,否则他们笔端流淌的该是另一番心情和意境了。

正值花开季节,采撷花蕊的却不都是本村的女人,更多的是城里慕名而来的女人。山里人和城里人区别在头上:头裹一块大红大紫的涤纶头巾的一定是土生土长的中原岗人;戴一顶遮阳帽或什么都不戴,散了瀑布似的清水一样的头发或是束成一股团在脑后的,一定就是城里人了。山里人厚道,一边自己摘,一边还

在那高高的山岗上

给外来人介绍哪道沟里花最繁最茂最有味道。城里人将信将疑道一声谢,嘴角弯弯,打一个呼哨,蜂拥向沟谷里去了,捎带着把山里女人身前的一些花骨朵也一并收拾得干干净净。

插芒花有半人高,细碎的小花如菊蕊般喷吐开,一条极细的枝,可以绽出一片绚烂。草身被繁花覆压在下面,花野野地开,灼灼的、耿耿的,只待有人来采。但花总有采完的时候,那时节,所有的锦绣都变成了野草,光秃秃的枝芽裸露在残照里,直到秋殇。

中原岗的梨树年年要开花,中原岗的插芒花年年也要被人采摘,中原岗背后的同川河却断流了。据说有水的年份,人们在梨树下就可以听见河水的喧哗。好像是从同河水断流开始,村里人说话的腔调也变得干巴巴的了,没有水分,没有弯调,直来直去;坐在自家窑里说话,动不动就想骂娘,恰好窑外面的地沟里有人经过,那人听出是在骂他,断不了引来些摩擦。讲人闲话的还纳闷呢,屋里说话墙外真还有人听吗?也是因了山里人嗓门儿高吧,村委会从来不用高音喇叭广播,有事村主任站在高圪梁上扯嗓子吆喝,满村的鸡呀狗呀驴呀一齐凑热闹,人们说村主任又闹地震咧。闹地震的村主任在家里却低眉耷拉眼,从不敢拿腔作调,怕老婆呛他。村主任老婆是出了名的大嗓门,村主任跟老婆

麻纸的光阴

没法比，算是一物降一物吧。

我们在村里看到好些废弃的窑洞，还有一堵破旧的土墙戳在一个高岗上，长城一样傲慢。不知经历多少年了，墙体都磨光了，一道一道抠出深深的槽，中间凿了个大窟窿，窟窿外是瓦蓝瓦蓝的天。墙角摆着一盘石磨，直径足有两米，磨眼淤满了泥土，磨槽也已模糊不清。

檐下的女人看不出年龄来，头上包块通红的涤纶毛巾，手里端个陶釉面盆，卡在腰眼上，说，你们是哪疙瘩人？晌午就甭走了，吃麻叶。

麻叶是中原岗特有的一种招待贵客的油炸食品。精制面粉拌以糖稀和各种作料，发酵后揉成稀松的面团，裁出方形的小块，拽出扯面一样的韧性，拧一拧，丢进滚沸的油锅里炸。油是正宗的神池胡麻油，油色黄亮，烟雾少，味道清香。出锅的麻叶端上来，城里人吸溜着涎水抓起一把往嘴里塞。女人一边笑，一边说，慢点吃，别噎着，锅里多着哪。

村里人吃晌午饭都聚集在棠梨树下，每人捧了笨瓷海碗呼噜呼噜扒饭吃。我们举着麻叶出现在圈子里。有人问，谁家的亲戚？我们说谁家也不是，郊游的。那些人就一个劲儿地笑，闲得

在那高高的山岗上

没事干,不如洗炭去,咱这破地方有啥看头?我们说可有看头了,你们是身在福中不知福。村民们狡黠地一笑,说,有看头的话,咱们换换吧,你们上山来,俺们进城去。我们一起摇头说,不换!

十里香风吹不断,万株晴雪绽梨花。

这就是中原岗的四月天。农历四月初六是中原岗传统的"梨花会",梨花会上同川沟里的姑娘媳妇穿上新衣服,齐崭崭地出现在棠梨下面。那一天村里要唱大戏,要祭梨神……而到了秋季,草原上的驼队会川流不息地赶来驮梨,有歌谣为证:"骆驼骆驼大扁脚,你娘不给你裹小脚,因为你驮梨驮红枣。" 当然,这都是陈芝麻烂谷子的往事了。

而今,我们是奔着中原岗的梨花来的。梨花喧闹在枝头,轻薄地从眼前刮过去,又飘回来,横竖入不到心里。中原岗的梨树多,苹果树也不少,还有桃树、杏树、李子树。"桃饱人杏伤人,李子树下埋死人。"都是些要人命的酸酸甜甜的诱惑,浪浪地腐蚀人的意志。杏桃比较早熟,但梨果卜树要等到夏末或秋后,这是一个漫长的等待。

山里人等的是经营日子的资本,我们等的是入口的享受。

陪父亲走完最后一程

我父亲走的那天恰好是正月初五，依乡俗应该是破五节。自古有所谓"初一不出门，破五不回家"的习俗，而我父亲果真走出去后再没回家。

其实那天白天，我已经发现他很难讲出话了，哑哑地要说什么，我听不明白，无论把耳朵凑上去怎么用心分辨，可就是听不明白。看他急于要表达什么的样子，就只好安慰他不要说了，我什么都知道了。到了晚上九点二十六分，我眼睁睁地瞅着父亲走掉了，先是微弱地呼出一口气，隔了十几秒再想吸回那口气，就办不到了。我急忙给他摩挲前胸，拍打后背，均无济于事……他走了，走得那样安详，走得又那般从容，安静得像睡着了一样，素面朝天，嘴巴大开，一定是有话要说，但只能带着未了的心愿和不尽的遗憾到另一个世界去言表了，而他八十九年艰难岁月也就此画上了句号。

陪父亲走完最后一程

在这之前的许多天,也就是父亲气息越发式微的那些日子,他会时不时地喊出一个名字。这个名字不是指定现实生活中某一个人,而是蕴藏在他心灵深处的一种本能期许。更确切地说,那是一句很土很土的方言,是称呼母亲的土语,这种牙齿与嘴唇相互作用产生的声音,被我们这一代的乡人们,寄寓了无穷慰藉与母爱。但是,痛苦分明从父亲黑洞洞的嘴巴里宛如棉线一般牵扯出来,我能够体会到他面对这个即将离去的世界,那份依依难舍又欲语还休的迟疑。我的父亲在为自己一生缓慢地把生命之门关上的同时,也在不断咀嚼那个很早就离他而去的祖母的称谓。

记得小时候,我随母亲偶尔去煤矿,凌晨三点钟父亲就穿一件破破烂烂的工作服带着铝制饭盒,扛一柄簸箕状的大方锹去炭火通明的坑口炼焦;早晨七八点太阳出山的时候,他才拖着沉重的步履回到宿舍,满脸烟黑,一身灰尘。我还记得父亲每次回家探亲,总是在忻口界河铺车站下车,然后沿着滹沱河岸、广济灌渠步行数十里才能回到家中。他往往是从午后一直走到天黑,捎个绿色帆布大提包,哗啦一下推开被油灯胡乱涂鸦的房门,如一尊铁塔一样出现在我们面前,依旧是满脸黢黑,一身风尘。

1983年冬天,父亲退休返乡,由工人转变成农民,一柄方

麻纸的光阴

锹换成一把锄头,之间没有任何过渡,一切都是那么顺其自然。生活如此,身体也无大碍,直到他熬尽最后一滴灯油,一共做过两次手术,一次是疝气手术,一次是股骨头裂缝手术,但手术后的父亲身子骨依旧硬朗。而在手术之前,七十多岁的父亲还能挑一担粪桶步行数里远给责任田施肥。

2016年2月,也就是临近年关的那个万籁俱寂的冬夜,那个只有父亲恒久不变的哮喘痰鸣充满我的听觉的冬夜,在一盏硕大的LED灯的照耀下,我突然发现父亲脸上的老年斑已经被岁月打磨掉了黑褐的原色,一头白发也雾腾腾得看不分明,眼神昏花而散乱……我立刻意识到父亲的确是老了,老到开始模糊了自己的个性和形象,老到开始片言只语地反思自身的不足,老到开始客观地评价被他溺爱一生却时时要算计他的至亲骨肉的人品了……人非圣贤,纵然做儿子的有天大委屈,在这一刹那间,也该释怀了。

连日来,父亲逐渐衰竭的各种脏器已让他吃尽苦头,长时间卧床不起,粒米未沾唇,仅靠几瓶脂肪乳、几瓶氨基酸和生理盐水维持生命体征的平衡。可怜的父亲腿部臃肿,前列腺增大绞痛难忍,还有尾椎处逐渐糜烂的细肉,意识时而糊涂时而清醒,

陪父亲走完最后一程

甚至与我的对话也游移在儿子和孙子之间。差不多隔几分钟就小便一次，差不多隔几分钟就吐一次痰，卫生纸一天要用两卷。对于他自己，对于守护在他身边的儿子，每个白天和黑夜都那样难熬，简直是在屈指可数的日子里把生命中经历过的苦难与伤痛重新复制粘贴一次，让我更直观地洞察其内在的构造和原理。

2016年2月4日是农历腊月二十六。这天深夜，病榻上躺了整整二十多天的父亲想坐起来，我小心翼翼地扶他起来，他一边喊疼，一边努力将腰身欠起。我在他身后垫了一大堆被子枕头，人总算坐直了，他长舒一口气，说这下行了。但坐起来的父亲喘得更厉害，喉咙里淤满黏稠的痰液。

腊月二十七凌晨两点，父亲要我再扶他一把，我发现他已经顺着原来用被子塑造成的坡度，像一条鱼一样滑下去了，两只脚也伸出炕沿。当我再一次扶起父亲时，我的腰部扭了一下，然后就感觉钻心似的痛。

上午，父亲的精神格外好，断断续续地给我讲述了他的一些经历，还夹杂了一些我所陌生的人名和地名。要知道，在这之前的将近四五十年间，我们父子间很少有过这样亲密的交流，他总习惯板着面孔带着情绪冷眼打量我。而在腊月二十七这个平平淡淡的上午，我却生平第一次感受到做儿子的幸福和温暖。

麻纸的光阴

午后，给父亲静脉滴注脂肪乳耽搁的时间太久，我担心他迟暮的身体开始排斥强加给他的一切外力。而且我观察到父亲呼吸异常困难，有时呼出一口气，忽然静止下来，隔一阵儿才艰难地吸进那口气。那时我就想，父亲该不会熬不出这个空洞无底的长夜吧？

腊月二十八凌晨四点一刻，父亲含混不清地吩咐我在炉子上烧点开水，给他煮一碗方便面。我知道父亲很长时间未能正常进食了，有了食欲，说明身体状况在慢慢好转。我在煮面的时候，父亲却说，算了，疼得不想吃了。父亲疼痛难忍时，习惯勾起胳膊，用手捂住脸，那样子让我心如刀绞。问他哪个地方疼，他说小腹疼，尾巴骨疼，浑身哪儿都疼。但我还是煮好了面，父亲吃了两口，喝了一点儿汤，说不敢吃了，怕吐了。

天明之前我打了一个盹，梦见我同父亲睡在一起，我推搡着父亲的肩膀说，爸，你千万要好起来。蓦然，梦醒了，黑暗中我与父亲仍保持两尺来宽的距离，他喉咙里发出一种如同冷水经过加热，开始与壶壁产生共振时发出的滋滋声响。让我意外的是，他的呻吟声暂时听不见了，呼噜声时起时伏，舒展悠长，压根儿不像一个缠绵病榻已久，中气羸弱不堪的老者。可惜，这样的平静是短暂的，代之的依然是持续不断的痛苦呻吟。

陪父亲走完最后一程

腊月二十八中午,父亲又迎来短时清醒,问我什么时候上班,报社忙不忙,哪天过年,用什么材料垒旺火,去哪家商店买一条好烟,又说万一我上班以后又该由谁来照顾他……我的鼻子不由得又是一阵阵发酸,切身体会到了从未体会过的血浓于水的父子亲情。同时我也清楚,父亲是挣扎着想度过这个年关,过完年,他就满八十九岁了,本该是儿孙绕膝,颐享天伦之乐的年龄啊!尽管这个世界给予他的烦恼远多于愉悦,但耄耋之年的父亲还是想尽量延长自己生命的纵深度。

....

陪父亲蹒跚走向他人生尽头的过程备受煎熬,我无法替代他承受那种与死神短兵相接衍生出的痛苦,只能无助地聆听他被病痛折磨得叫天天不应,呼地地不灵的呻吟。

父亲的呻吟一直是喊给我素昧平生的祖母听的。从小缺乏母爱的父亲在临走之前,分明是要把生前很少触碰到的这个伟大的昵称,密集地在唇齿之间挤压出来,以期我的祖母会在冥冥之中保佑他的肉身和灵魂。不知道在他六岁时就溘然长逝的祖母会不会在龙山脚下清清亮亮地答应一声,或者我的祖父祖母已经站在那个遍布枣树与上一年遗留下的谷秸秆的田园里眺望他们渐行渐

麻纸的光阴

近的儿子了。

农历大年初一,在漫天炸响的爆竹声中,不知晨昏的父亲也迎来了他摇摇欲坠的八十九岁。这一步迈得何其艰难,除了父亲自己,是没有谁能够体会到的。中午时分,父亲突然对我说他昨儿晚上险些走了。我一时语塞,如果父亲不幸停留在八十八岁的门槛里,笃定是我这个不孝子在某些地方刺激了奄奄一息的父亲,笃定是做儿子的虔诚之心未能感动上苍……到了晚上,父亲开始不停地胡言乱语,后来喉咙里淤塞了过多的痰液,吐不出,咽不下。他含含混混地说他迷路了,找不到回家的路,要我扶他一把。可我一双庸俗卑微的手又怎能扶得起即将坍塌的一座大山呢?

正月初三,父亲深陷昏迷,胡乱答应着前来看望他的亲戚们。晚上,父亲断断续续地说不行了,命不好云云。奇怪的是,我扭伤的腰部或因父亲的保佑吧,已经感觉不到疼痛。

初四一早,父亲喊我的乳名,要我拉他一把,他以为自己仍旧逗留在天色晦暝的街头,想起身回家,却身不由己。他说他看到好多来来往往的人,他说那是谁呀?我无法回答他,我也无能为力啊,也是的,我如何能让时光倒流,让青春永驻,让铁树开花,让叶生枯枝呢?

陪父亲走完最后一程

不知从什么时候起,父亲舌头上结了一个豆粒大的血泡,他时不时地伸出舌头要我给他把血泡拭去,我哽咽着说擦不掉的,那是血泡,你得喝呀吃呀,你看你不喝不吃,连句囫囵话都说不出口了⋯⋯

父亲突然开始下泻,从初四到初五之间,差不多有十多次,我诧异于久不进食的父亲肠胃中何以留存这么多秽物,有人告诉我可能是下漏了。下漏是临终前的一种先兆,生前积郁的五谷腐质都要排泄干净。我给父亲清理粪便时,他大声呼痛,我知道他的皮肉已容不得有一点点的触碰了。

初五那天,父亲果真连一句话都说不出了,他抓住我的手想说什么,喉咙里发出的声音却含混不清。人啊,在这种特定场合,心有余而力不足的情境下,想要表达某种迫切需要表达的观点时,那种焦虑,那种如鲠在喉的无措,那种无法达意的痛苦神态,即使铁石心肠的罗汉都不得不动容。

初五的晚上,我满以为对父亲来说又是个十分难熬的夜晚,当我把输液的针头从父亲腿部拔掉时,竟然没有看到一点回血。可我并没有多想,只是用棉球在针眼处轻轻压了一阵儿,然后把被子披好。想给父亲喂一点儿水,就用卸掉针头的注射器给父亲嘴里打进一点儿水,却没有见他像往常一样有吞咽的动作,而是

麻纸的光阴

发现他异常艰难地呼出一口气,再想往回吸,却没有了下文……

我的哭声在那个寒夜里显得苍白乏力,我甚至感觉自己不配拥有这样气宇轩昂的悲恸。怎么说呢,父亲在我的印象里,一直是个不苟言笑、喜欢指责且极易动怒的人。直至父亲不久于人世,才愿意以温婉的态度对我倾吐心声,愿意撇开所有外力的干扰与我坦诚相待,愿意在临终之前替自己做一次主,只是一切来得太晚了……我实在不愿过多地品味那些已经流失掉的、让人心堵的过往滋味了。斯人已逝,我唯有长歌当哭以泪洗面,才可聊表我对父亲深深的忏悔,寄托我对父亲迟到的哀思。

这时候,距离初六的天明依然漫长,而我只能聆听我母亲喋喋不休的诵经声,也只能在北风轻轻叩打窗棂的冷酷无情的长夜里,陪伴父亲走完最后一程——眼睁睁地看着苍老、瘦削尚且孤独的父亲越走越远,最后消失在混沌不辨晨昏的世界,不再回首。

后记

之所以把这本散文集定名为《麻纸的光阴》，是我在2013年编写《蒋村麻纸史话》后突然萌生的念头，麻纸作为中国传统文化的一个重要组成部分，承载的不仅仅是与非物质文化组合过程中所表达的形而上与形而下的意蕴，更重要的一点就是我们用汉字在相对宽泛而富有弹性的文化空间里，所要表达的那些泛化的、虚置的历史或现实影像，由于麻纸的特性随着时间的流逝会逐渐变得清晰、明朗，富有质感，这是麻纸带给人类最直观最有价值的品悟。比方我们所拥有的家园，比方我们所触摸到的风物，比方受我们所钟爱的北路梆子，更确切一点就是我们所处的风貌独特的北路环境，需要用最传统的文字记载来加以呈现，加以留存。

所以说，我乐意用文字的方式，乐意用麻纸的名称把一种典型的文化用我个人的眼光与见解诠释出来，那一长一短的犬吠，

麻纸的光阴

那高亢雄健的鸡啼，那质朴厚道的方言，那撕云裂雾的梆子腔，那雁门关外翻滚着金戈铁马的铿锵，那黄河边上雄浑的大河气势，那"泛彼柏舟，在彼中河"的古老墉风……无不是我需要用心来解读的对象。

我认为，只有麻纸方能让人感受到岁月的久远与绵长。

老实说，这本书酝酿很久了，前几年就有出书的打算，那时出版业市场氛围浓厚，但因为种种原因，出版一事一再搁浅。期间，我又陆续创作了不少同类体裁的文章，并获得一些大小奖项，在欣喜之余，更增加了形成铅字的渴望。

真诚地感谢出版者能够在纸质图书市场并不景气的境况下，帮助我完成这个夙愿，由此可见，出版者传承中国文化经典，传播当代精品文化，实在是一件功莫大焉的事情。

作者

2017 年 12 月